Fantastisches Tagebuch

von Janina Schmiedel & Ute-Marion Wilkesmann

AF208967

Fantastisches Tagebuch

von Janina Schmiedel & Ute-Marion Wilkesmann

Bibliografische Information der Deutschen Nationalbibliothek:
Die Deutsche Nationalbibliothek verzeichnet diese Publikation in der Deutschen Nationalbibliografie; detaillierte bibliografische Daten sind im Internet über dnb.dnb.de abrufbar.

© 2023 Ute-Marion Wilkesmann und Janina Schmiedel

Herstellung und Verlag:
BoD – Books on Demand, Norderstedt

ISBN: 978-37578-90766

Inhaltsverzeichnis

Vorwort   7

Fantastisches Tagebuch
Janina Schmiedel   9

Fantastisches Tagebuch
Ute-Marion Wilkesmann   51

Gemeinsame Publikationen   126

Vorwort

Für unser neues gemeinsames Schreibprojekt haben wir das Thema *Fantastisches Tagebuch* gewählt. Als gemeinsamen Rahmen, der in beiden Texten eingehalten werden sollte, haben wir festgelegt, dass das Tagebuch über ein Jahr geführt sein soll und dass die Namen Billy, Hans, Dean und Ulrike vorkommen müssen. Ein Monster namens Ulli haben wir, nachdem wir schon mit dem Schreiben begonnen hatten, als weitere Vorgabe hinzugenommen. Andere Namen waren nicht erlaubt. Wie bei unserem letzten Projekt *Seite 22, Zeile 22* haben wir unabhängig voneinander unsere Texte geschrieben und sie uns erst gegenseitig vorgestellt, als beide abgeschlossen waren.

Für Leser, die es ganz genau wissen wollen: Das Projektthema haben wir aus mehreren Vorschlägen ausgewählt, die wir über einen längeren Zeitraum gesammelt haben. Sie könnten jetzt zum Beispiel auch:

- eine Geschichte aus einem Waschzettel,
- eine fiktive Autobiografie oder
- eine Entwicklungsgeschichte anhand von Soundtracks

in den Händen halten.

Die Namen haben wir folgendermaßen ausgewählt: Jeder von uns hat jeweils sechs Vornamen (drei männliche, drei weibliche) ausgesucht. Per Losverfahren haben wir daraus unsere vier Figuren gezogen. Das Ulli-Monster war eine spontane Zugabe. Die Namen, die beim Losen ausgeschieden sind, waren:

- Alwina,
- Christel,
- Helma,
- Marian,
- Penny,
- Raffael,
- Richard und
- Samantha.

Wie die Geschichten wohl ausgefallen wären, wenn Christel, Helma, Penny und Marian die Hauptrollen übernommen hätten?

Das werden Sie nie erfahren. Aber lesen Sie selbst, wie Hans, Ulrike, Billy und Dean sich schlagen.

Herbst 2023
Janina Schmiedel & Ute-Marion Wilkesmann

Fantastisches Tagebuch
Janina Schmiedel

Heute ist der vierte Tag. Dean schnitzt jeden Tag eine Kerbe in den Pfahl, den wir als Sonnenuhr vor unseren Hütten in den Boden geschlagen haben. Dean ist 23 Jahre alt, ein Sprachgenie, ruhig, melancholisch, sensibel. Er scheut Auseinandersetzungen und zieht sich zurück, wenn nur die leiseste Spannung in der Luft liegt. Er war es, der uns am Tag der Ankunft zu dieser verlassenen Siedlung geführt hat, so zielsicher, als wäre er schon einmal hier gewesen. Er ist auch der Einzige von uns, der nicht mit dem Verlust der Zivilisation zu kämpfen hat. Ulrike vermisst ihr Handy, ihren Hochleistungsmixer und ihre elektrische Zahnbürste. Sie hat Sehnsucht nach ganz banalen Alltagsgegenständen. Heute Morgen stand sie im Eingang unserer verfallenen Hütte und schwärmte von Schlüsseln. „Ach, wenn ich jetzt meinen Schlüsselbund einstecken könnte." Ulrike hat ziemlich einen an der Waffel. Nicht, dass man das nicht über uns alle sagen könnte. Wir haben ganz klar alle einen an der Waffel. Sonst wäre diese Expedition hier niemals zustande gekommen. Dean mit seiner exzentrischen Art, Billy, der unmenschlich wenig Schlaf braucht, immer unter Strom, Hans, der Urspinner, der für all das hier verantwortlich ist, und ich – was soll ich über mich sagen?

Ich werde unseren Weg dokumentieren. Jeder von uns hat seine Aufgabe und seine ganz persönlichen Gründe, aus denen er hier ist.

Ulrike steht gedankenverloren am Hütteneingang. Ich habe sie gefragt, ob sie immer noch ihren Schlüssel vermisst. Sie sagt ja, aber noch mehr vermisse sie einen Spiegel. Jeder verarbeitet den Kulturschock auf seine Weise. Ulrike ist Altertumswissenschaftlerin. Bis vor Kurzem hat sie in einer Teebeutelfabrik am Fließband gestanden, VHS-Kurse gegeben und stundenweise in einem Kiosk als Aushilfe gearbeitet. Sie sieht müde aus. Ich bin froh, dass wir uns eine Hütte teilen. Ich mag sie, und ihre chaotische Art beruhigt mich.

Billy und Hans haben sich nebenan eingerichtet. Dean hat eine eigene Hütte bezogen. Wir haben die ersten Tage damit verbracht, die Hütten so weit auszubessern, dass wir eine Weile bleiben und im Notfall hierher zurückkommen können. Ich habe mit Hans eine überdachte Feuerstelle und einen kleinen Steinofen gebaut. Dean ist geschickt im Feuermachen.

Bisher sind wir niemandem begegnet. In den nächsten Tagen werden wir den großen Fluss suchen. Billy meint, in wenigen Tagen Fußmarsch könnten wir eine größere Siedlung erreichen und am Fluss gebe es sicher Schiffe und Händler. Ich habe davon gelesen, dass es hier einen großen Fluss gab, der in den Atlantik mündete. Und einen riesigen See.

Ich glaube, ich vermisse die Süßigkeiten am meisten. Waffeln und Schokoriegel. Plötzlich wird mir bewusst, dass ich nie wieder Zuckerwatte essen werde. Was für ein absurder Gedanke. Wann habe ich schon mal Zuckerwatte gegessen?

***

Der sechste Tag. Morgen machen wir uns auf den Weg. Wir haben beschlossen, zusammenzubleiben. Die Option, dass zwei zurückbleiben und das Lager bewachen, haben wir verworfen. Was gibt es da schon groß zu bewachen? Und es ist nicht einmal gesagt, dass wir wiederkommen. Wenn wir eine Siedlung finden, werden wir versuchen, uns dort unauffällig unter die Leute zu mischen. Billy sagt, wir sollten uns als schiffbrüchige Händler ausgeben. Ulrike und Dean sind skeptisch. Ich habe auch so meine Bedenken, aber keine bessere Idee. Und abgesehen davon ist das Ganze sowieso ein derart gigantischer Irrsinn, dass man sich kaum an solchen Kleinigkeiten aufhängen kann. Mir ist es lieber, wenn wir zusammenbleiben. Daher bin ich dafür, dass wir gemeinsam aufbrechen. Nicht nur, weil es sicherer ist. Wie soll ich den Überblick behalten, wenn jeder auf seinem eigenen Weg durch die Gegend stromert?

„Jetzt ein Schaumbad", ruft Ulrike, die gerade dabei ist, ihren Rucksack zuzuschnüren. Wir haben nur das Nötigste mitgenommen. Badeschaum gehört nicht dazu.

***

Tag 7. Wenn wir hier in der Schöpfungsgeschichte wären, könnten wir heute ruhen. Stattdessen geht es jetzt erst richtig los. Billy war bei der NVA. Das ist so ziemlich das Einzige, was ich über seine Vergangenheit weiß. Er trägt einen alten Militärrucksack und beschwert sich nie über irgendwas. Selbst wenn es heißen Teer reg-

nete, Billy würde wahrscheinlich einfach weiter-
marschieren. Dean könnte man für einen hoch-
gewachsenen Teenager halten. Er ist schlank und
macht nicht den Eindruck, als könnte er schweres
Gepäck schleppen, aber auch er ist zäh. Hans
trägt Segelschuhe, eine helle Stoffhose und ein
T-Shirt mit einem AC/DC-Aufdruck, das sich
über seinem Bauch wölbt. Ulrike trägt zerschlis-
sene Outdoorkleidung, die schon viel von der
Welt gesehen hat. Diesen Teil der Welt natürlich
nicht. Ich weiß, ich muss alles von Anfang an
erzählen. Heute Abend, wenn wir unser Lager
aufgeschlagen haben, werde ich alles genau
berichten. Billy ruft. Wir müssen los.

***

Der gleiche Tag, abends. Wir waren den ganzen
Tag unterwegs. Ich kann kaum die Augen offen-
halten. Ulrike und Hans halten das Feuer in
Gang. Billy sucht die Gegend nach Feuerholz ab.
Dean sitzt neben mir im Shelter und schreibt. Er
überrascht mich immer wieder. Ich hätte nicht
gedacht, dass er sich so gut mit Billy versteht.
Sie haben ein absurdes Spiel angefangen. Es
heißt *Sätze sagen, die noch nie zuvor jemand
gesagt hat*. Es geht ungefähr so: Wir wandern

stundenlang durch das karge Grasland. Die Hitze macht uns allen zu schaffen (außer Billy natürlich). Ulrike und ich gehen schweigend nebeneinander. Hans einige Schritte vor uns. Dicht hinter uns Billy und Dean. „Alfons Kuchenbuch möchte einen Keramikofen im Standesamt von Schmedeswurtherwesterdeich gegen einen halben Stiefelknecht eintauschen", sagt Dean. Sie sind sich einig, dass es höchst unwahrscheinlich ist, dass dieser Satz schon jemals so gesagt wurde. Zufrieden stapfen sie weiter. „Im Finanzamt Süd lassen die Beamten Hydrantenfabrikanten an Ampeln zertrampeln." Auch sehr wahrscheinlich Premiere. Ulrike meint, dass strenggenommen ja wohl jeder Satz bisher ungesagt sei. Zum Beispiel auch: „Komm, Fifi!" oder „Kaffee ist fertig." Ulrike seufzt. Träume von Kaffee schwirren zwischen unseren Köpfen umher.

Ich sehe auf zu Dean. Er schreibt und zeichnet in sein schwarzes Buch. „Vive la Révolution", sage ich in die nächtliche Stille hinein. Er grinst und zeichnet wortlos weiter.

Wir sind Anachronismen. Wir bringen Sätze, Feuerstahl und Armeerucksäcke in eine fremde

Zeit, lange bevor es unsere Sprache und solche Zivilisationsgegenstände überhaupt gibt … Es wird Zeit, dass ich alles erkläre, von Anfang an. Und mit Anfang meine ich eigentlich eine Zeit viele Tausend Jahre von hier in ferner Zukunft. Das klingt sehr theatralisch. Dabei hat alles ganz prosaisch begonnen: Ich habe Hans bei einer Maßnahme vom Jobcenter kennengelernt. Er fiel mir auf. Jeden Morgen suchte ich in der Reihe von müden, resignierten, verbitterten Gesichtern das eine, das vergnügt in ein Butterbrot biss oder in einem abgegriffenen Science-Fiction-Roman steckte. Wie schaffte dieser Mann es, jeden Tag das gleiche Gefasel von optimierten Lebensläufen und Umschulungschancen in der Telekommunikationsbranche zu ertragen und nicht deprimiert zu sein? Ich nahm all meine mittelmäßigen „Conversation-Skills" zusammen, von der die Kursleiterin ständig quatschte, und sprach Hans in der Pause an. Ich weiß nicht mehr genau, was ich gesagt habe, es war irgendwas richtig Bescheuertes, und ich war noch dabei, mir innerlich kraftvoll die flache Hand mehrmals vor den Kopf zu schlagen, als wir schon mitten in einem Gespräch über irgendwelche Artefakte waren, die er angeblich untersuchte, und Geheimwissen, zu dem er sich Zugang verschafft hatte. In der nächsten Pause brauchten wir etwas länger, um uns einen Kaffee zu holen, so etwa zwei Stunden. –

Billy ist zurück. Dean und er übernehmen die erste Wache. Wir anderen schlafen jetzt ein paar Stunden. Wir werden in den nächsten Tagen weiter nach Zeichen von Zivilisation suchen. „Jetzt eine Federkernmatratze …", seufzt Ulrike. „Mit doppeltem Federkern und Palmfaserauflage, kreuzweise verspannten Federmuffen, also hüftfreundlich in der Seit-, Bauch- und Rückenlage", murmelt Hans. Dean und ich lachen, vermutlich aus unterschiedlichen Gründen.

***

Derselbe Tag bzw. dieselbe Nacht. Die anderen schlafen. Seit ich die Bekanntschaft von Hans gemacht hatte, begannen sich meine alten Lebensgeister, die aus verschiedenen Gründen schon längere Zeit ein Schattendasein geführt hatten, langsam wieder für meine Existenz zu interessieren. Ich wollte unbedingt an Hans' geheimem Forschungsprojekt teilnehmen. Nach unserem ersten Gespräch haben wir das Bewerbungsseminar einige Male geschwänzt, um über seine Pläne zu sprechen. Daraufhin wurden wir vom Seminar ausgeschlossen und bekamen Sanktionen. Meine Wohnung stand zu diesem Zeitpunkt schon längst auf der Kippe, da ich wegen anderer Unachtsamkeiten bereits früher sanktioniert worden war und die Miete nicht immer vollständig überwiesen hatte. Ich hatte wirklich nicht allzu viel zu verlieren. Hans erzählte mir von einem Portal. Sollte dieses Tagebuch irgendwann in ferner Zukunft einmal gefunden werden, stellen die Leser sicher nicht infrage, was ich nun schreibe, da sie den Beweis ja dann in Händen halten. Aber ist da jemand? Wird, nachdem wir so weit gekommen sind, auch der letzte große Schritt glücken? Natürlich wäre es eine besondere Genugtuung, wenn Frau Annegret W. aus dem Jobcenter Feindallee über den Fund und mein Mitwirken an diesem Projekt Kenntnis bekommen würde … Aber das ist eine Nebensächlichkeit. Hans erzählte jedenfalls von diesem Portal und seinen Plänen. Er war dabei, ein kleines Forscherteam zusammenzustellen. Die meisten, die sich zunächst begeistert hätten, seien schließlich wieder abgesprungen. Doch lieber Karriere machen, Familie gründen, weiß der Geier was. Ich war elektrisiert. Ich würde ganz sicher nicht abspringen. Nicht nur wegen der Zwangsräumung meiner Wohnung in ein paar Wochen. Auch weil ich es unbedingt wollte: Das Portal suchen, das in eine andere Zeit führte. „Irgendwas um drei- bis viertausend vor Christus rum", meinte Hans. Natürlich hielten ihn alle für einen Spinner. Ein Atlantis- und Zeitinstabilitätsforscher gilt in unserer Zeit – das heißt in der verkorksten Zeit, aus der wir kommen – nun mal als totaler Spinner. Jedenfalls nicht als jemand, der für einen Job als Sales Key Accountant oder Polsterer in einer Fabrikationshalle geeignet ist. Hans ist ein Anachronismus. Und ein Magnet für Anachronismen. Er ließ mich bei sich auf dem Sofa schlafen, nachdem die Möbel aus meiner Wohnung geholt worden waren. Das waren immer noch meine, aber nach der Zwangsräumung gab es keinen Ort mehr, an dem ich sie hätte lassen können. Wir arbeiteten auf Hochtouren. Es dauerte knapp sechs Monate, bis wir das Forscherteam zusammenhatten. Ulrike kannte ich vom Kiosk, in dem sie manchmal arbeitete. Ich hatte vor einiger Zeit einen Job als

Alltagshilfe gehabt und öfters einen älteren Herrn dorthin begleitet. Er hatte sich immer Zeit gelassen, seine Lotteriescheine auszufüllen. Währenddessen habe ich mit Ulrike geplaudert. Ich erfuhr, dass sie einen Abschluss in Altertumswissenschaften hatte. Sie war mir sympathisch und sie schien mir sehr passend für unser Projekt. Hans, der Magnet, ging also Zeitschriften kaufen und brachte Ulrike als neues Expeditionsmitglied mit. Billy, der nicht wirklich Billy heißt und auch sonst in vielem ein Rätsel ist, war eines Abends plötzlich dabei. Hans behauptet, sie seien sich auf einem Stadtfest begegnet. Ich denke, dass das eine bizarre Metapher für irgendetwas ist, worüber sie nicht sprechen wollen. Aber das spielt keine Rolle. Billy ist unsere Batterie, ohne ihn wären wir nur ein Haufen Chaoten. Und Dean – den wollten wir eigentlich gar nicht mitnehmen. So ein junger Typ, der sein Leben noch vor sich hat. Dean ist Hans' Urgroßneffe zwölften Grades oder so, jedenfalls Familie. Unsere Pläne konnten ihm nicht entgehen, da er ständig bei Hans herumhing. Nichts konnte ihn dazu bewegen, sich mit Gleichaltrigen bei studententypischen Aktivitäten zu vergnügen.

Stattdessen las er sich durch die fantastische Literatur in Hans' kleiner Bibliothek. Er weiß mindestens genauso viel über Portale wie Hans. Dieser hatte eigentlich gedacht, dass Dean seine Wohnung übernehmen und die Blumen gießen könnte, wenn wir weg sind. Die Polizei und die Behörden auf falsche Fährten locken. Sowas in der Art. Aber Dean ist eisern.

Dean schläft mit dem Kopf auf seinem Tagebuch. Man traut ihm so viel Entschlossenheit gar nicht zu.

***

Tag 10. Wir sind jetzt seit drei Tagen unterwegs. Ulrike verliert langsam den Verstand. Stundenlang schwärmt sie von Bratkartoffeln und grünem Tee. Schon immer, sagt sie, habe sie sich für das *Davor* interessiert. So hatte sie ihr Studium der Kunstwissenschaften abgebrochen, um Geschichte zu studieren. Nach dem Grundstudium hatte sie dann die Uni gewechselt, um Alte Geschichte und schließlich Archäologie zu studieren. Sie wollte immer tiefer graben … Tiefer in der Erde, tiefer in der Zeit.

Billy behauptet, in der Nacht ein Monster gesehen zu haben. Total überspannt. Dean geht meist voran. Wir folgen seiner Intuition. Aber wir alle zweifeln langsam daran, dass wir demnächst anderen Menschen begegnen werden. Hans singt die ganze Zeit vor sich hin. Mehr als ein paar Zeilen kriegt er von keinem Song zusammen. Manchmal erfindet er auch eigene Texte und Melodien. Unseren vorsichtigen Bitten, das doch zu unterlassen, kommt er nur sehr eingeschränkt nach. Er meint, er merke gar nicht, dass er vor sich hinsingt. Die Musik liege ihm halt einfach im Blut. Billy und Dean unterhalten sich unterwegs mit ungesagten Sätzen wie: „Briketts in dünne Reifen schneiden und zwei Jahrzehnte nachlässig in Puderzucker wälzen." Wenn Dean lacht und sein verschlossenes Gesicht sich aufhellt, hebt das auch meine Laune. Hans improvisierte einen Song über dieses Thema. Briketts und Puderzucker. Auch nicht viel verrückter als „Elementary penguin singing Hare Krishna, man, you should have seen them kicking Edgar Allen Poe", meinte er. Sofort hatte ich einen Ohrwurm, der noch immer durch meinen Kopf schwirrt. „Da", rief Billy plötzlich, und wir hielten inne. „Was?" Das Monster. Er hat gestern schon behauptet, ein

Monster schleiche uns nach. Hans zeigte ihm einen Vogel. Da es dämmerte, haben wir uns noch einmal einen Schlafplatz in der Wildnis gesucht. Unsere Vorräte gehen langsam zur Neige. Wir können nicht einfach wilde Beeren und andere Früchte essen, da wir uns mit der Flora hier nicht auskennen. Wir sind darauf angewiesen, Menschen zu treffen und uns abzuschauen, wie sie hier leben und sich ernähren. Viehherden, mit denen wir fest gerechnet hatten, haben wir bisher nicht gesehen. Ich weiß nicht, ob Billy meint, dass wir uns vor dem Monster in Acht nehmen sollen, oder ob er daran denkt, dass es auf einem Spieß über unserem Feuer landen könnte. Jedenfalls streunt er schon wieder in der Gegend herum in der Hoffnung, es zu Gesicht zu bekommen.

Wenn wir auf eine Zivilisation treffen, wird Ulrike alles dokumentieren, was wir darüber herausfinden können. Sollte jemand in ferner Zukunft unsere Aufzeichnungen finden, wird sie die coolste Archäologin der Welt sein. Ulrike kann es kaum erwarten, zu sehen, wie die Menschen hier leben. Die Steinzeitmenschen werden grandios unterschätzt, sagt sie, was zu einem Teil daran liege, dass wir so wenig über sie wissen. Wenn die Angaben aus Hans' Geheimdokumenten stimmen, ist dies hier eine Zeit vor der Schrift, jedenfalls vor Dokumenten, die die Zeit überdauert haben. Es könne natürlich sein, meint Ulrike, dass die Leute schreiben wie die Verrückten, aber alles mit Kreide auf Steinplatten oder so. Alles kurzlebig. Sie malt sich aus, wie sie die Zeichen in ihr Büchlein kopiert und die Verwendung der Schrift dokumentiert. Für sie als Archäologin muss es besonders aufregend sein, all das, worauf sie sonst nur aus Fragmenten von Knochen oder Ansammlungen von Schalentieren in der Nähe von Siedlungsüberresten schließen kann, lebendig hier vor sich zu sehen. Auch ich bin gespannt. Das Dorf, in dem wir unsere ersten Tage verbracht haben, wirkte wie eine der Rekonstruktionen, die ich schon oft in Dokumentationen und Büchern gesehen habe. Klein, schlicht, pragmatisch. Lebendig wirkte es allein durch den Geruch von getrockneten Gräsern, dumpfem, alten Holz und durch die brennende Sonne, die alles real und surreal zugleich erscheinen lässt.

Billy ist zurück. Er meint, das Monster sei hier ganz in der Nähe. Es sei nur eine Frage der Zeit, bis er es erwische. Hans und Ulrike ziehen ihn auf, aber Billy bleibt dabei. Er hat ein Monster gesehen und es Ulli getauft. Ulrike zieht eine Augenbraue hoch. „Quatsch, hat nichts mit dir zu tun", meint Billy. Es erinnere ihn stark an einen ehemaligen Vorgesetzten. Das Monster namens Ulli schleicht um unser Lager. Ich bilde mir ein, es jetzt auch zu hören. Ganz in der Nähe raschelt es. Was, wenn der Lookalike von Billys Chef plötzlich aus der Deckung schnellt und sich einen von uns schnappt? Wir wissen nicht, was für Wesen hier unterwegs sind. Wir sind unruhig, versuchen aber trotzdem, ein wenig zu schlafen.

***

Der Morgen des elften Tages. Außer mir ist nur Billy schon wach. Er schwört, Ulli-Monster gesehen zu haben. Von Angesicht zu Angesicht. Ich weiß, dass Schlafmangel erhebliche Folgen haben kann. Halluzinationen sind da keine Seltenheit. Ich sage ihm, dass er die nächste Nacht keine Wache übernimmt, damit er sich mal richtig ausschlafen kann. Ich versuche, es nicht wie einen Vorschlag klingen zu lassen. Diese Besessenheit macht mir Sorgen. Denn wie es aussieht, müssen wir noch eine Weile auf uns allein gestellt zurechtkommen, da darf keiner durchdrehen.

„Hier, trink mal nen Kaffee", sage ich und reiche ihm einen Becher mit Wasser, das wir gestern aus einem Bach geschöpft und in unserem Kessel abgekocht haben. Bäche sind ein gutes Zeichen. Wir hoffen immer noch, heute oder in den nächsten Tagen auf den großen Fluss zu treffen. Tamanrasset, ein Fluss, der in 5000 Jahren ausgetrocknet sein wird.

„Also gut", meint Billy. „Du glaubst mir nicht. Du lässt dein bürgerliches Leben hinter dir, um mit einer Gruppe Freaks in eine prähistorische Zeit zu reisen und Gerüchten von Atlantis nachzuspüren. Aber du glaubst mir nicht, dass ich ein Monster gesehen habe." Bei dem Wort ‚bürgerlich' muss ich lachen. „Jemanden, der in eine andere Zeit flieht, um der Obdachlosigkeit zu entgehen, bürgerlich zu nennen, ist schon sehr …" „Abstrakt", schlägt Billy vor. Schade, dass man Weltbilder nicht als 3-D-Modell ausdrucken kann. Ich würde mich in seinem gerne mal umsehen. Der Schlafmangel, die mäßige

Verpflegung und diese abstruse Angst, hier von einem Urzeitmonster gefressen zu werden, noch bevor wir eine Zivilisation entdecken, macht uns alle ein bisschen mürbe. „Was war dein Vorgesetzter denn so für ein Typ?", frage ich. „Nicht der Typ, der mit seiner Beute lange spielt", sagt Billy. „Und ihr noch eine Chance zum Entkommen lässt. Eher so der Brutale." „Beruhigend", antworte ich. Ulrike ist jetzt auch wach. Sie ist sich sicher, dass wir bald Menschen begegnen werden, denn gestern haben wir getrockneten Schafdung gesehen, was bedeutet, dass dort vor Kurzem eine Herde gewesen sein muss. Sie hat uns erklärt, dass es in dieser Zeit bereits Viehzucht gab und Getreide angebaut wurde. Oder vielmehr: wird. Es ist immer noch verwirrend, diese Zeit zugleich als Vergangenheit und Gegenwart zu denken. Aber wir kommen der Sache immer näher.

Billy meint, wir müssen vorsichtig sein, da uns die Einheimischen vermutlich als Feinde betrachten. Das größte Problem ist, dass wir keine Möglichkeit haben, die Sprache zu lernen, bevor wir Menschen begegnen.

Die anderen werden langsam wach. Wir machen uns gleich auf den Weg. Heute Abend werden wir mehr wissen.

***

Der elfte Tag, abends. Wir liegen auf Heusäcken in einem Schuppen. Dean ist noch in der Hütte der Weberin. Alles hat sich verändert. Als wir am späten Nachmittag in der Ferne etwas auftauchen sahen, das wir für ein Haus hielten, legten wir einen Schritt zu. Wir waren inzwischen ziemlich ausgehungert. Dieses Kraftpulver, das Billy aus irgendwelchen Quellen, die wir nicht weiter hinterfragt haben, besorgt hat und das wir mit abgekochtem Wasser aufgießen, war von Anfang an nur dazu gedacht, uns über die ersten Tage zu bringen. Auf Dauer ist das Zeug ziemlich unbefriedigend. Nicht nur Ulrike vermisst den Geschmack von richtigem Essen. Wir hofften auf eine Art Bauernhütte – und auf Gastfreundschaft. Dass wir hier einer alten Frau am Webstuhl begegnen würden, die allein in ihrer Hütte lebt und den ganzen Schuppen voller Konserven hat, hätte natürlich niemand von uns vermutet. Ja: Konserven.

Womit wir auch nicht gerechtet haben, ist, dass die Alte uns gegenüber keinerlei Skepsis zeigte. Fast gelangweilt bedeutete sie uns, wir sollen hereinkommen und es uns auf einem ihrer Teppiche bequem machen, was wir dankbar annahmen. So saßen wir erschöpft und hungrig in ihrer Stube und lauschten dem unregelmäßigen Klacken des Webstuhls. Ulrike und Hans waren schon die Augen zugefallen, und auch ich spürte die Müdigkeit der letzten Tage in den Knochen. Die alte Frau schwieg lange, doch plötzlich begann sie, uns in ihrer Sprache etwas zu erzählen: „Dusi yonga, umb deni allen fussin-liuten huff-huff", sagte sie. So oder so ähnlich. „Dreffon im dila-husin fu-foo." Dean meint, das, was sie spricht, sei eine Art von Pidgin-Sprache mit einem mittelhochdeutschen Einfluss. Natürlich waren wir zuerst überzeugt, dass das nicht sein könne. Es sind noch ein paar Tausend Jahre bis zu den ersten Germanen … Aber es ist so eindeutig, dass man es beim besten Willen nicht leugnen kann. Besonders ist mir das Wort ‚sluzzellîn' (Schlüssel) aufgefallen. Ich kenne es aus einem mittelalterlichen Liebeslied. Und passend dazu hatte sie uns, kurz nachdem dieses Wort mehrmals gefallen war, eine Art Schlüssel in die Hand gedrückt, mit dem wir diesen Schuppen öffnen konnten. Er ist mit jeder Menge Lebensmittel und seltsamen Gegenständen bis unter die Decke vollgestopft, darunter mehrere Holzkisten mit dunklen, verkorkten Flaschen, große Kisten voller Cracker oder Kekse, Fässer mit Gurken und Blechdosen mit Schokolade und Tabak. Das Verrückteste sind die bunten Konservendosen mit Aufschriften wie *Roger's Baked Beans* oder schlicht *Pork*. Diese Dosen faszinieren mich, denn obwohl sie in ihrer Aufmachung altertümlich aussehen, sind sie brandneu. Das Metall glänzt. Wenn ich in Museen oder im Internet Bilder von Gegenständen aus früheren Jahrhunderten sehe, habe ich immer den Eindruck, die Leute hätten früher lauter abgewetzte Dinge gehabt. Verrostete Dosen, vergilbte Kleidung und verfärbtes Holz. Aber natürlich sind diese Sachen alle irgendwann einmal neu gewesen. Die Weberin hatte etwas davon gesagt, dass die „fussin-liuten" (das sind wohl wir) das „sluzzelîn" nehmen und sich im „dila-husin" (im Schuppen?) aus den „boxes and cans" versorgen sollen. Zumindest war das Deans Interpretation. Was zum Henker geht hier vor sich?

***

Tag 12. Vermutlich kurz vor Sonnenaufgang. Draußen beginnen die ersten Vögel, zu singen.

Erst weit nach Mitternacht kam Dean zu uns herüber. Wir hatten zunächst keine der verlockenden Konserven angerührt und uns mit unseren eigenen spärlichen Vorräten versorgt. Danach sind wir auf unseren Strohsäcken eingeschlafen. Selbst Billy wirkte schlaftrunken, als Dean plötzlich vor uns stand. Im schwachen Mondlicht, das durch das beschädigte Dach fiel, tappte dieser zu einem Sack nahe den Vorräten und kramte darin herum. Schließlich holte er vier große Kerzen hervor, die nur ein wenig heruntergebrannt waren. Kerzen. Wir wunderten uns über gar nichts mehr. Ulrike nahm Dean eine davon aus der Hand und schnupperte vorsichtig daran. Fast ehrfürchtig wiegte sie sie in der Hand. „Bienenwachs", meinte sie. „Die dürften aus dem Mittelalter sein. Wisst ihr, was die wert sind? Die benutzen wir nicht." „Jetzt rück endlich mit der Sprache raus", fuhr Billy Dean an. „Was ist das hier?" Unter Ulrikes entsetztem

Blick zündete Dean eine der Kerzen an und zeigte uns, was er in seinem Buch notiert hatte. „Soweit ich es verstehen konnte, sind erst vor wenigen Tagen ein paar Leute hier gewesen. Der Beschreibung nach müssten sie aus dem 19. Jahrhundert stammen. Seeleute. Wie es aussieht, tauchen hier ständig irgendwelche Reisenden auf. Das erklärt auch, warum diese Weberin eine Sprache spricht, die wir – na ja, ich will jetzt nicht sagen verstehen … Aber ich konnte mir einiges zusammenreimen. Und der ganze Kram hier erzählt uns den Rest." Er machte eine Geste in Richtung der Kisten und Konserven. „Die Frau ist vermutlich selbst nicht von hier." Ich habe Dean noch nie so viel am Stück sprechen hören. Eine Weile arbeitete es in unseren müden Köpfen. „Das Portal, durch das wir gekommen sind –", sagte Hans und setzte noch einmal neu an. „Das heißt, wir sind nicht die Einzigen?" – „Offensichtlich nicht", meinte Ulrike, die immer noch eine der kostbaren Kerzen in Händen hielt. „Es muss mehrere Zugänge geben. Mindestens einen aus dem 13. oder 14. Jahrhundert. Schaut euch das hier an." In eine der Wachskerzen war ein christliches Symbol eingeprägt.

Alle trugen nun ihre Theorien vor. Hans meinte, dass die ersten Reisenden vermutlich versehentlich hier gelandet waren. Und irgendwer von ihnen musste auch wieder zurückgekehrt sein. Denn es hatte schließlich in unserer Zeit Informationen über das Portal gegeben. Die konnten nur von anderen Zeitreisenden stammen. Laut Hans waren sie in geheimen Zirkeln weitergegeben worden. Über die Quellen wurde geschwiegen. Solche Informationen, meinte Hans, wurden nie schriftlich festgehalten, sondern ausschließlich mündlich weitergegeben, in kryptischen Formulierungen und Zeichen, die nur Eingeweihte deuten können. „Aber warum haben die alle haufenweise Nahrungsmittel hierhergeschleppt?", fragte Billy. „Übernachtungsgeld?", schlug Dean vor. Damit gaben wir uns fürs Erste zufrieden.

***

Der zwölfte Tag, später Vormittag. Dean hat sich den ganzen Morgen mit der Weberin unterhalten und sortiert nun seine Aufzeichnungen. Billy hat die Umgebung untersucht und schwört, dass es ihm um ein Haar gelungen sei, Ulli-Monster zu fangen. Es ähnele einem brau-grauen Drachen.

Jedenfalls habe es einen schuppigen Schwanz. Hans inspiziert die Konserven. Wir haben Cracker gegessen, von denen Ulrike meint, dass es sich um Schiffszwieback handelt. Sie sind hart, aber ziemlich gut. Gar nicht so fade, wie ich vermutet hatte. Auch die Schokoladendosen sehen verlockend aus. Die kleinen Schokoblöcke darin sind halb geschmolzen, aber erstaunlich süß. Am besten ist es, sie in der Nacht zu essen, wenn es kühler ist. Ich habe eine der Blechdosen in meinen Rucksack gesteckt. Ein wenig Wegzehrung wird nicht schaden. Wer weiß, wie lange wir noch unterwegs sind. Die Konservendosen haben wir nicht geöffnet. Im 19. Jahrhundert wurden solche Dosen mit Blei verlötet. Ulrike meint, dass die Crew der Franklin-Expedition zwar nicht unbedingt an Bleivergiftung gestorben sei, aber dass auf jeden Fall große Mengen Blei in den Körpern derjenigen nachgewiesen wurden, die man gefunden hat. Auf Blei können wir alle gut verzichten. Was mich betrifft, sind Schiffszwieback und Schokolade eine ideale Mahlzeit. „Meint ihr, die waren hier?" Hans' Augen leuchten im Kerzenlicht. „Es könnte doch sein, dass auf King William Island ein Portal ist.

Das würde zumindest erklären, warum die meisten von ihnen spurlos verschwunden sind." Wer auch immer die Seeleute waren, die diesen Schuppen hier bis unter das Dach mit Lebensmitteln bestückt hatten, es ist klar, dass wir in eine äußerst merkwürdige Sache hineingeraten sind.

***

Der zwölfte Tag, abends. Morgen werden wir weitergehen. Die Weberin sagt, dass wir nur ca. zwei bis drei Tagesreisen von einer Art Hafenstadt entfernt sind. Das ist zumindest das, was Dean ihrem Patchwork-Sprachteppich entnommen hat.

***

Vierzehn Kerben in Deans Wanderstab. Ohne ihn hätten wir schon längst den Überblick verloren. Wir sitzen am Feuer. Heute haben wir Ziegenherden in der Ferne gesehen. Nomaden nutzen die Vielfalt der Vegetation, ohne die Umwelt zu zerstören, sagt Ulrike. Je länger wir hier sind, desto erholter wirkt sie. Obwohl die Fußmärsche in der Hitze anstrengend sind und wir nur wenig Schlaf bekommen haben, ist die Müdigkeit aus ihrem Gesicht fast ganz verschwunden. Sie scheint nicht mehr die Person zu sein, die ich damals in einem Zeitschriftenkiosk das erste Mal gesehen habe. Hans ist noch immer davon überzeugt, dass wir Atlantis finden werden, wenn wir auf den Tamanrasset stoßen und seinem Verlauf bis zur Mündung in den Atlantik folgen. Platon hatte zwar gesagt, dass Atlantis eine Insel jenseits der Säulen des Herakles, also irgendwo westlich der Straße von Gibraltar im Atlantik, gewesen sei, aber Hans meint, Platon habe sich in Sachen Insel eben geirrt. Er geht davon aus, dass es sich um eine Seemacht im Westen Afrikas handelte und dass eine so bedeutende Stadt sich strategisch nur am Ufer des größten Flusses seiner Zeit befunden haben kann. Ulrike widerspricht nicht laut, aber man kann an ihren Blicken ablesen, dass sie von dieser Theorie nicht viel hält. Atlantis gehört für sie ins Reich der Mythen. Was sie interessiert, sind die Fakten. Sie will einfach wissen, wie die Menschen hier leben. Nach allem, was wir bisher erfahren haben, auch wenn es nicht eben viel ist, können wir allerdings gar nicht davon ausgehen, dass wir überhaupt in der Vergangenheit unserer Zeit gelandet sind. Billy ist fest davon überzeugt, dass wir uns in einer Art Zeitblase befinden, an einem Ort, den man ausschließlich durch Portale erreichen kann. Das würde bedeuten, dass diese Portale nicht in der Zeit zurückführen, sondern dass wir uns quasi außerhalb der historischen Wirklichkeit befinden. So gern ich das Geheimnis von Atlantis lüften würde und das Leben der Menschen der Steinzeit mit eigenen Augen gesehen hätte, muss ich doch zugeben, dass ich Billys Theorie für am wahrscheinlichsten halte. Er ist manchmal ein bisschen aufgedreht, aber er hat einen klaren Verstand.

***

Es ist mitten in der Nacht. Billy hat uns geweckt. Er meint, das Monster sei uns gefolgt. Ich nehme alles zurück, was ich über seinen Verstand gesagt habe. Ich glaube, er dreht langsam wirklich durch. –

***

Es ist einfach unglaublich. Billy hatte die ganze Zeit recht. Das Monster existiert! Wir haben es alle gesehen. Es sah aus wie eine Mischung aus Strauß und Raptor. „Ein hübsches hybrides Federvieh", meint Hans. Aber ich höre an seiner Stimme, dass ihm das Ganze auch unheimlich ist. Hans sagt jetzt, wir hätten die Weberin fragen sollen, ob es hier mehr solcher Wesen gibt. „Aha! Hätten fragen sollen ..." Billy ist zurecht eingeschnappt. Wir haben ihm schließlich die ganze Zeit nicht geglaubt. Auf jeden Fall müssen wir vorsichtig sein. Ab sofort halten immer zwei von uns Wache. „Hätte ich nur meine Kamera dabei", meint Ulrike. Vielleicht hat sie ihren Kulturschock doch noch nicht ganz überwunden. „Ulrike will die Anachronismen des Neolithi-kums digitalisieren", sagt Billy. Dean grinst.

***

Tag 15. Das Monster hat sich in der Nacht kein zweites Mal blicken lassen. Aber wir sind nun umso entschlossener, schnell in die Stadt zu kommen. Stadt, Siedlung – was auch immer uns erwartet. Es ist noch früh. Die Sonne geht gerade auf. Wir machen uns gleich auf den Weg.

***

Den Überblick über die Tage haben wir verloren. Wir, das sind Ulrike, Dean, Hans und ich. Billy ist tot. Ich weiß nicht, wie viele Tage seitdem vergangen sind. Auf was für einen Alptraum ha-ben wir uns nur eingelassen? Dean, der ohnehin schweigsam ist, spricht jetzt fast gar nicht mehr. Ohne ihn sind wir aufgeschmissen. Ich rede im-mer wieder auf ihn ein. Er soll sich zusammen-reißen. Aber er spricht nicht mit uns und nicht mit den Leuten, denen wir begegnen. Manchmal sehe ich mir seine düsteren Skizzen an und lese seine spärlichen Aufzeichnungen. Er schreibt nicht viel. Über den Tag, der unsere Zeitrechnung außer Kraft gesetzt hat, steht da: „Alles zerstört." Neben der Zeichnung eines Monsters, das einem Raptor mit Federn ähnelt. Die scharfen Zähne und der stechende Blick sind gut getroffen. Das Monster hat Billy auf dem Gewissen, wobei man wohl kaum davon ausgehen kann, dass dieses Wesen ein Gewissen hat. Hans fühlt sich schuldig, weil er uns hierhergebracht hat. Dabei sind wir ihm alle freiwillig gefolgt. Und niemand konnte ahnen, was uns hier erwartet. „Das hier ist nicht das Neolithikum", erklärt Ulrike uns immer wieder. Vielmehr scheint es sich um ein Konglomerat aller möglichen Epochen zu handeln. „Atlantis", meint Hans, „war keine antike Stadt. Es war eine Welt voller Irrer wie uns, die ihre eigene Zeit verließen, um etwas zu finden, was es nicht gibt. Jeder von ihnen brachte allerhand geschichtlichen Ballast mit, aber eben auch nützliches Wissen."

Das heißt, wir sind hier in einer magischen Stadt. Haben wir Atlantis dann wirklich gefunden?

***

Abends. Ulrike und ich teilen uns ein Zimmer. Dean und Hans haben jeweils ein eigenes. Dass hier niemand etwas von uns verlangt, daran müssen wir uns noch gewöhnen. Aus den einsilbigen Fragmenten, die wir aus Dean herauskriegen konnten, der einige Sätze mit dem Wirt gewechselt hat, entnehmen wir, dass hier im Laufe der Zeit alle möglichen Gesellschaftsordnungen durchgespielt wurden, bis man sich entschied, einfach alles seinen Gang gehen zu lassen. Es scheint zu funktionieren. Weitgehend. Manchmal hängen fahle Gestalten in den Zweigen der knorrigen kleinen Bäume vor der Stadt. „Mahani taktak", sagt der Wirt, wenn man ihn danach fragt. Übersetzen ist zwecklos. Man kann das Leben hier mitspielen oder riskieren, selbst jemand zu werden, über den die Leute „mahani taktak" sagen und die Schultern zucken.

Im Schutz der Stadt ist es schwer vorstellbar, dass nur wenige Kilometer von hier ein vogelartiges Echsenbiest Billy in Stücke gerissen hat.

Es war in der frühen Nacht. Keiner von uns hat die Frage ausgesprochen, wie ein solches Tier in diese Zeitblase gekommen ist. Gab es vor Milliarden von Jahren schon Portale?

Es klopft.

***

Nacht. Es war Dean. Er hat Alpträume und schläft heute in Ulrikes Bett. Ulrike schläft bei mir.

***

Ich weiß nicht, wie viele Wochen seit Billys Tod vergangen sind. Dean hat sich etwas erholt. Er zeichnet die Stadt, den Hafen, an dem alte Segelschiffe und futuristisch wirkende Hoverbullets anlegen. Wir nennen sie so, weil sie über dem Wasser zu schweben scheinen und dabei irre schnell sind. Der Hafen wirkt wie eine Mischung aus überdimensioniertem Bootsanleger und Steampunk-Filmkulisse. Ein Teil der Anlage ist überdacht und erinnert ein bisschen an Fotografien der King's-Cross-Station aus dem frühen zwanzigsten Jahrhundert. Ich höre immer die Klänge aus dem letzten Teil von Jeff Waynes *War of the Worlds* in den Untiefen meiner Erinnerungen klingen, wenn ich in diesem Bereich des Hafens zu tun habe. Ich warte mit ein paar anderen zusammen auf die Container. Wir packen die Kisten aus und sortieren die Waren auf großen Flächen. Dort werden sie dann von Leuten aus den einzelnen Bezirken abgeholt. Die bringen sie dann auf die großen Märkte, wo sie verteilt oder getauscht werden.

Dean hat das Treiben hier in Hunderten von Zeichnungen festgehalten. Das Gewölbe, die sonnenbeschienenen Kisten draußen am Kai, die mövenartigen Vögel, die eine genaue Vorstellung davon haben, was ihnen von den Lebensmitteln zusteht.

Dean hält sich fast immer am Hafen auf, wenn ich dort bin und Waren sortiere. Am Abend nehmen wir eine oder zwei Kisten für das Wirtshaus mit nach Hause. Ja, inzwischen ist es ein Zuhause geworden. Für mich, für Dean. Ich glaube, auch für Ulrike. Sie hat nun wieder einen Schlüssel, und es gibt so etwas Ähnliches wie Kaffee. Es schmeckt ziemlich intensiv, und ich trinke es nur mit einer Menge Zucker. Allerdings bemerke ich an Ulrike eine gewisse Melancholie. Sie ist fahrig und abwesend. Ich glaube, sie beschäftigt noch etwas anderes als Billys Tod. Vielleicht die Enttäuschung darüber, dass wir hier nichts über die Vorgeschichte unserer Zeit herausfinden werden. Die Hoverbullets, die Dean und ich faszinierend finden, betrachtet sie mit Skepsis. Es kann sie nicht wirklich gegeben haben, meint sie. Wahrscheinlich muss sie als Archäologin so denken. Aber für mich spricht nichts dagegen, dass das hier nun unsere Zeit ist. Was sollte es uns jetzt noch angehen, was in Tausenden von Jahren in einer trostlosen, abgenutzten Zeit namens Moderne vor sich geht. Wenn ich ehrlich bin, gefällt es mir hier wesentlich besser.

***

Hans ist ein rastloser Geist. War er früher derjenige, der alle anderen aus ihren Löchern geholt und um sich versammelt hat, ist er es heute, der eingesammelt werden muss. Fast jeden Abend laufen Dean und ich durch unseren Bezirk und suchen nach ihm. Manchmal hängt er mit irgendwelchen Leuten am Hafen ab und trinkt Rum. An anderen Tagen sitzt er allein auf einer Bank, kilometerweit flussabwärts, und starrt ins Wasser. Ulrike und ich reden immer wieder auf ihn ein. Wir sagen ihm, dass es nicht seine Schuld ist. Aber er gibt sich nun einmal die Schuld. Und er ertränkt sein Gewissen in Rum und noch mehr Rum.

***

Die Leute hier verwenden verschiedene Kalender oder gar keine, je nachdem, wo sie herkommen und wie lange sie schon hier sind. Die Hafenarbeiter zählen die Tage nach Schiffen und Warenladungen, die Bauern nach Blühzeiten, die ganz Alten nach Mondphasen. Ich sehe die Zeit in Hans' Gesicht verstreichen. Er wollte für uns alle eine bessere Welt. Er hat uns hergebracht, um Atlantis zu finden und die Geschichte für die Nachwelt neu zu schreiben. Er hat eine Zeitkapsel für uns aus der Zeit Gefallene gefunden. Dass Billy von seinem Monster nicht lassen konnte, dafür kann Hans nichts. Billy war unvorsichtig. Es erscheint schon ein bisschen zynisch, dass er ausgerechnet von einem Monster verfolgt wurde, das ihn an einen ehemaligen Vorgesetzten erinnerte … Ja, er war wirklich sehr unvorsichtig. Das kann ich natürlich nicht laut sagen, aber manchmal denke ich, er hat sich absichtlich ins Verderben gestürzt. Er war süchtig danach, sich dem Abgrund zu nähern. Ich denke oft an ihn, wie wir alle. Aber Hans packt es nicht. Er löst sich vor unseren Augen auf.

***

Ich kenne keine Einzelheiten aus Billys Leben. Von Hans ist nichts zu erfahren, aber Dean weiß viel. Er und Billy haben sich oft nachts unterhalten, wenn wir anderen schliefen. Billy war bei der NVA. So viel wusste ich schon. Laut Dean hatte er eine Ausbildung als Tischler oder Dachdecker gemacht und war dann von der Volksarmee abgeworben worden. Klappe halten und Befehle ausführen. Große Träume scheint er nie gehabt zu haben. Seine Schwester war Näherin, nähte Uniformen an Industriemaschinen. Er war Soldat, trotzdem musste sie sterben. Er marschierte, lernte den Klassenfeind hassen. Schwäche gab es nicht. Die Schlafstörungen und dieses Gefühl, immer unter Strom zu stehen, kamen erst später, als die NVA längst Geschichte war. Er wollte im Westen ganz neu anfangen, an einem Ort, an dem ihn niemand kannte. Aus irgendwelchen Gründen zog es ihn nach Grevenbroich in die Nähe des Braunkohlereviers. Hatte wohl was Vertrautes. Dean meint, Billy hatte vor, Arbeit im Tagebau zu finden, wozu es dann aber gar nicht erst kam. Es hat ihm einfach den Boden unter den Füßen weggerissen. Er muss ziemlich lange *out of order* gewesen sein. Tabletten, meint Dean. Ausgerechnet das, womit er wieder auf die Beine kommen wollte, hat ihn dann erst recht außer Gefecht gesetzt. Darüber wusste auch Dean nicht viel, nur dass Billy, als er wieder einigermaßen hergestellt war, wieder in eine andere Stadt gezogen ist. Er hatte Angst, dass die Leute reden, dass sie ihn für einen arbeitsscheuen Taugenichts halten. Seltsam. So habe ich Billy nie eingeschätzt. Ich dachte, es interessierte ihn nicht, was andere über ihn denken. –

***

Ulrike hat immer noch Hoffnung, dass Hans wieder der Alte wird. Fast jeden Abend, wenn Dean und ich ihn irgendwo in der Nähe des Hafens oder am Flussufer aufgegabelt und sicher nach Hause gebracht haben – nach Hause … für ihn gibt es kein Zuhause, sagt er –, sitzt sie bei ihm und erzählt ihm irgendwas von Atlantis. So sehr Ulrike selbst damit hadert, dass ihr Traum von prähistorischen Studien hier komplett ins Wasser fällt, ist sie doch überzeugt, dass Hans diesen Ort lieben müsste. Genau das ist es doch, wonach er immer gesucht hat, ein Phantasma, ein Ort, den es gar nicht geben kann. Er könnte all das in sich aufsaugen, es studieren und dokumentieren. Das sei schließlich seine Aufgabe. „Stattdessen säuft er sich das Hirn weg", sagt sie immer wieder. Aber sie sagt es nie zu Hans, nur zu mir, wenn wir abends in unseren Betten liegen und jeder seinen Gedanken nachhängt. Sie versteht nicht, warum ein Mensch wie Hans, ein Spaßvogel und unerschrockener Abenteurer sein Leben so kampflos dem Alkohol überlässt. Nachts schlägt ihre Fürsorge in Wut um. Ich sehe, dass auch sie immer unglücklicher wird.

Wir sind nun schon einige Zeit hier. Ich könnte mir vorstellen, aus dem Wirtshaus auszuziehen und uns ein eigenes kleines Haus etwas flussab- wärts zu suchen. Wir könnten einen Garten anlegen. Hier gedeihen ganz außergewöhnliche Früchte, die ich vorher noch nie gesehen habe. Sie schmecken ähnlich wie Pfirsiche, sehen aber eher aus wie Birnen oder Quitten. Ich hätte gern einen kleinen Obstgarten. Vielleicht würde sich auch Hans dort erholen. Ulrike ist auf diesem Ohr taub. Sie schimpft auf Hans, weil er sich selbst in ein Gefängnis aus Schuldgefühlen gesperrt hat. Aber im Grunde ist sie genauso verschlossen. – Ulrike will schlafen, ich muss das Licht löschen.

***

Es muss Monate her sein, dass ich hier das letzte Mal etwas geschrieben habe. Im Nachhinein kommt es mir so vor, als hätten wir unbewusst nur darauf gewartet: auf den Abend, an dem wir Hans nicht auf der Kaimauer sitzend oder mit einer Flasche im Gras liegend finden und nach Hause bringen würden. Auf den Abend, an dem Fremde den schweren, leblosen Körper aus dem Fluss ziehen und provisorisch mit einem bunten Tuch abdecken würden, bis wir ihn abholen kämen. Als hätte all das längst festgestanden. Ulrike hat tagelang nicht gesprochen.

Begräbnisse sind hier keine große Sache. Die Leute begraben ihre Toten außerhalb der Stadt. Es gibt keine Friedhöfe und auch niemanden, der offiziell dafür zuständig ist, die Toten unter die Erde zu bringen. Jeder hat so seine Weise. Wir haben uns bei Hans für eine Feuerbestattung entschieden. Es erschien uns passend, seine Asche dem Wind zu überlassen.

Auch dass Ulrike nicht bleiben würde, fühlt sich im Nachhinein so an, als wäre es immer klar gewesen. Ich habe sie nicht gebeten, zu bleiben, obwohl ich insgeheim gehofft habe, dass sie sich an diesen Ort gewöhnt. Es war nicht leicht, sie gehen zu lassen. Aber sie ist eine unruhige Seele, immer auf der Suche. Ich glaube, sie wird nie glücklich sein, auch wenn ich es ihr wünsche. Sie hat sich einer Gruppe angeschlossen, die durch eins der Portale in ein späteres Jahrtausend reisen wollte. Die Wachskerzen aus dem Mittelalter haben es ihr angetan. Die kleinen Segelschiffe, mit denen sie abgereist sind, sahen im Vergleich zu den Hoverbullets zerbrechlich und primitiv aus. Ich hoffe, sie haben ihren Weg gefunden. Sie sind vor einigen Wochen aufgebrochen, und bisher haben wir nichts von ihnen gehört. Falls du dieses Büchlein finden solltest, liebe Ulrike, falls es die Jahrtausende überdauert und du dich zufällig in dieser Zeitlinie befindest: Du fehlst mir von allen am meisten. Ich hoffe, es geht dir gut.

***

Es muss jetzt ungefähr ein Jahr her sein, seit unsere kleine Gruppe hier angekommen ist.

Keiner von uns ist je in das verlassene Dorf zurückgekehrt, in dem wir unsere ersten Tage verbracht haben. Was mich betrifft, ich habe ein kleines Haus etwas außerhalb, einen großen Garten mit Ipipishi-Bäumen. Sie tragen gelb leuchtende, herrlich süße Früchte. Auf einem Teil der Fläche baue ich an, was die Seeleute aus allen möglichen Häfen und Zeiten an Saatgut mitbringen. Morgens, wenn ich in den Garten hinausgehe, sehe ich Tauben durch das weiche Gras spazieren. Die Amseln singen. Oder Vögel, die Amseln sehr ähnlich sind, nur dass manche von ihnen weiß sind mit schwarzen Ringen um die Augen. Wie kleine gefiederte Piraten mit Augenklappen. Wenn ich vor dem Haus sitze, die Früchte in der Sonne leuchten sehe, dem Rauschen der Blätter in den Bäumen lausche, den sommerwarmen Wind auf der Haut, bin ich glücklich.

Dean sehe ich oft auf dem Markt oder am Hafen. Er ist meist in seine Zeichnungen vertieft. Manchmal sitzen wir am Fluss und lauschen gemeinsam dem Verstreichen der Zeit. Er könnte mein Bruder sein. Die anderen haben wir auf dem Weg verloren. Wir sind noch da.

Dieses Büchlein sollte einmal Teil der Dokumentation eines historischen Projekts werden. Wäre Hans' Plan aufgegangen, hätten wir unsere Aufzeichnungen in witterungsbeständigen Schutztaschen, die Billy in seinem Armeerucksack bei sich trug, an einem sicheren Ort vergraben. Sie hätten die Jahrtausende überdauern und in unserer Zeit von Archäologen entdeckt werden sollen. Aber ohne die anderen Teile ist dieses Buch nur der Bericht einer aus der Zeit gefallenen Person an einem Ort, der für das Jobcenter Feindallee nicht existiert.

Fantastisches Tagebuch
Ute-Marion Wilkesmann

27. Februar

Als junge Frau habe ich schon mal Tagebuch geschrieben, aber ein halbes Jahr später wieder damit aufgehört. Der Grund war, dass mich beim Durchlesen nach einer Weile fröhliche Texte kaum noch berührten, aber ärgerliche bzw. traurige Ereignisse mich wieder voll in Beschlag nahmen. Also habe ich das Heft fein säuberlich zerrissen und in einem Aschenbecher Stück für Stück verbrannt. Das war anstrengend, und auch nichts für empfindliche Nasen. Aber ich hatte ja bereits eine eigene Wohnung, da konnte ich tun und lassen, was ich wollte.

Eigentlich hätte ich das neue Tagebuch schon am 7. Februar anfangen sollen, da war die Scheidung offiziell. Ein wirklich guter Neuanfang. Aber ich war irgendwie gelähmt, denn alles in meinem Leben ist seit Oktober durcheinander. Da hat Ex seine neue Liebste vorgestellt. Wir haben uns auf eine einvernehmliche Trennung einigen können, das heißt, wir haben die Trennungszeit vorverlegt. Die Schnepfe konnte das ja ‚bezeugen'.

Vielleicht hätte ich mehr Theater machen sollen, mehr verlangen. Meine Anwältin wollte deutlich mehr einklagen, so zum Beispiel den fahrbaren Untersatz. Aber, ach, an dem Wagen liegt mir nichts. Mein Ex war da anders gestrickt. Soll er doch weiterhin den flotten BMW fahren und die Schnepfe beeindrucken. Der kleine Skoda reicht mir. Das muss man sich mal überlegen, das Auto ist älter als unsere gemeinsame Wohnung, in die wir vor dreizehn Jahren eingezogen sind. Die hat er natürlich an sich gerissen. Ich bin heilfroh, dass wir nie eine gekauft haben! Zum Glück habe ich ein kleines Apartment gefunden, das ich auch bezahlen kann. Aber daran muss ich mich erst einmal gewöhnen, dass ich nur von einer Wand zur anderen und in die winzige Küche gehen kann, und nicht wie früher mehrere Zimmer zur Verfügung habe.

Für heute reicht es. Ich fahre am Abend zu meiner Freundin, sie kocht was, und dann sitzen wir noch etwas zusammen und trinken Tee. Das wird sicher nett!

1. März

Ich habe mir soeben noch einmal den ersten Eintrag durchgelesen. Mann, ich werde wirklich alt. Wer sagt heute noch ‚Schnepfe‘? Wollte ich das hier jemandem zu lesen geben, müsste ich sicher ‚Schlampe‘ schreiben.

Die Arbeit im Amt ist immer gleich. Das wird wohl auch nicht mehr aufregend. Allerdings hatte ich in den letzten beiden Jahren genug Aufregung.

Als ich von meiner Freundin abends nach Hause zurückfuhr, klapperte mein Auto so merkwürdig. Hinten links, immer wenn ich über eine Erhebung fuhr, machte es ‚knack‘. Nicht sehr beruhigend. Daraufhin war ich gestern in der Werkstatt. Ich habe meine Werkstatt vor einem halben Jahr gewechselt und das bis heute nicht bereut. Dieser Betrieb hat wohl erst vor relativ kurzer Zeit an der Goethestraße eröffnet. Bis dahin sind es mal gerade sechs Kilometer. Und die jungen Leute sind außerordentlich freundlich, zuvorkommend und – soweit ich das beurteilen kann – auch kompetent. Die Dame an der Rezeption lud mich zu einem Kaffee ein, während der Chef sich mein Auto ansah.

Ich hatte gerade Milch und Zucker in den Kaffee gerührt, als der Chef auch schon ins Büro kam. Er hielt so ein Metallstück wie triumphierend hoch:

„Die Federung ist hin, Ihre Bremsleitungen sind fast völlig durchgerostet. So ist das Auto nicht mehr fahrtüchtig. Und noch einiges andere habe ich entdeckt." Ich wollte die Reparaturkosten wissen. „So über den Daumen, ich schätze mal um die 1500 Euro." Da musste ich schlucken. Lohnte sich die Reparatur noch? Ursprünglich plante ich, mein Gespartes in den nächsten Jahren unangetastet lassen, um damit später meine Pensionszeit aufzumöbeln. Aber 1500 Euro für eine Reparatur?

Er bot mir einen Gebrauchtwagen an, aber was soll ich mit einem Kombi? Er würde sich, so versprach er mir, bis zum Geschäftsschluss die Zahlen erneut genau ansehen und versuchen, einen Neuwagen mit gleicher Ausstattung bei anderen Händlern zu finden. Ich hielt noch einen Plausch mit der Dame an der Rezeption, bei dem wir eine halbe Dose Kekse leerten. Darüber mussten wir schon lachen.

Kurz vor sechs Uhr rief der Chef an. Die Reparaturkosten mit allem Drum und Dran würden dann auf 2200 Euro kommen. Da musste ich nicht einmal nachdenken. Er hatte bei seiner Suche zwei passende Autos gefunden, eines in Waldgrün und eines in Nachtblau. Ich entschied mich für Nachtblau. Seine Kollegin würde das am nächsten Morgen direkt reservieren.

Dann habe ich den Abend damit verbracht, die Gelder schon mal locker zu machen. Schade, um die Zinsen, die ich verliere, weil ich den Spar- plan vorzeitig kündige. Es hätte nur noch ein halbes Jahr gefehlt! Aber ich kenne niemanden mit Geld. Und Ex fragen? Nee, da gehe ich lieber zu Fuß.

Ich habe dann noch im Internet nach dem Wagen gegoogelt, aber Nachtblau gab es da gar nicht. Muss wohl eine neue Farbe sein.

Heute Morgen bin ich dann vor der Arbeit nochmal in die Werkstatt gefahren, um den Kauf- vertrag zu unterschreiben. Der Chef hatte erzählt, dass sie unheimlich viel zu tun hätten, aber ich fand es eigentlich eher leer. Also so kunden- mäßig.

Heute hatte ich auch mal was auf der Arbeit zu erzählen. Meine Kollegin rümpfte gleich die Nase: „Das riecht doch nach Betrug! Jeder kann ein Stück Metall in die Hand nehmen und behaupten, der Rest ist hin. Warum hast du nicht eine zweite Meinung eingeholt?" Ich habe irgendwas gemurmelt. Wie soll man jemandem erklären, dass man einfach so erschöpft ist, dass selbst ein solcher Schritt energiemäßig nicht zu schaffen ist? Abgesehen davon, dass ich zu dieser Werkstatt volles Vertrauen habe. Sie haben mir sogar kostenlos bis zur Lieferung des Neuwagens einen Leihwagen zur Verfügung gestellt. Das macht auch nicht jeder! Es ist ein SUV, ich bin ja so ein Teil noch nie gefahren. Macht Spaß. Aber für meine finanziellen Verhältnisse zu teuer und unhandlich auf die Dauer.

Dann musste ich lachen. Kaum fange ich an, wieder Tagebuch zu schreiben, passiert etwas. Allerdings reicht es mir jetzt auch.

3. März

Vor zehn Minuten klingelte das Telefon. Ex! Der ist so unglaublich ... unverschämt. So ein bekloppptes Telefonat, demnächst gehe ich nicht mehr dran. Ich werde seine Nummer blockieren.

Jammert mir vor, was für eine arme Socke er sei, wie anspruchsvoll seine Maus ist (er nennt sie wirklich Maus, grauenhaft) und dass er mit dem Geld nicht hinkommt. Ja, und es sei so schwierig im Moment, und er müsse ja auch nur drei Monate überbrücken, bis der Sparplan fällig sei, und ob ich bis dahin vielleicht ...?

Ich habe nicht auf mein neues Auto hingewiesen, ich habe wortlos aufgelegt. Das tat gut!

7. März

Der Tag fing schon miserabel an: Es schneite! Immer noch mit dem Leihwagen unterwegs, habe ich überlegt, ob ich das riskieren soll. Nein, lieber den Bus nehmen. Runter zur Bushaltestelle, eine Verspätung hatte ich einkalkuliert. Mit mir warteten acht weitere Möchtegernpassagiere. Nach zehn Minuten habe ich in der Stadtwerke-App nachgesehen, keine Meldung, alles läuft einwandfrei. Nach zwanzig Minuten rief die junge Frau neben mir aus: „So ein Mist, ich lese gerade in *Radio Regional*, dass heute alle Busse ausfallen." Mit langer Miene verzogen wir uns alle. Bis zur Arbeit müsste ich über eine Stunde zu Fuß gehen, das ist normalerweise zu schaffen. Aber nicht mit meiner Erkältung!

Ich bin wutgeladen zurück nach Hause gegangen. Der Hausmeister fegte gerade den Bürgersteig. So ein großes Mietshaus hat eben auch Vorteile. Wenn ich an die Berge von Schnee denke, die ich während meiner Ehe bewegt habe, weil Ex leider gerade unpässlich war. Aber an die Zeiten will ich gar nicht mehr denken. Ich habe im Büro angerufen, meine eine Kollegin konnte auch nicht kommen.

Ich fing gerade an, es mir an dem unfreiwilligen Urlaubstag bequem zu machen, als mein Handy klingelte. Das Autohaus! Mein nachtblaues Auto stehe jetzt da, fertig zugelassen, bereit zur Abholung. Sie verstanden zwar nicht so recht, warum ich das verschieben wollte. Jetzt glauben sie vermutlich, ich bin als Frau zu blöde, im Schnee zu fahren. Egal, ich will nichts riskieren, weder mit dem Leihwagen noch mit dem neuen. Nachtblau mit Schrammen ist nicht so mein Stil. Morgen soll eine Tauwelle die Gegend überrollen, den einen Tag werden sie wohl noch warten können.

Dann habe ich mir eine Tasse Tee aufgebrüht. Warum ich dabei unbedingt den linken Daumen in den heißen Wasserstrahl halten musste, weiß keiner. Jetzt sitze ich hier, ein Glas mit kaltem Wasser vor mir, in das ich den Daumen ab und zu tauche. Ich habe zwar Glück gehabt, es könnte schlimmer sein, weil der Strahl mich nur leicht getroffen hat. Aber das brauchte ich heute nicht auch noch.

Und dann war in der Post noch ein Brief vom Oberstadtdirektor. Mit Foto von mir. Ich habe gar nicht gemerkt, dass ich geblitzt worden bin. Echt, dabei fahre ich immer so vorsichtig. Dreißig Euro. Okay, es hätte heftiger sein können, Punkt in Flensburg oder ein höheres Bußgeld. Trotzdem, ich bin jetzt sauer und werde mich den Rest des Tages unter eine flauschige Decke auf das Sofa setzen und ein paar blöde Serien gucken, zu denen ich ja sonst nie komme, weil ich im Büro bin.

9. März

Ich habe in meinem Leben schon einige Autos gekauft, aber dieser Kauf fiel wahrhaftig aus dem Rahmen. Das Wetter war gut, daher wollte ich endlich den neuen Wagen in Besitz nehmen. Obwohl es eine Art Notkauf war, habe ich mich auch ein bisschen gefreut.

Als ich auf den Hof der Werkstatt fuhr, sah ich mich nach einem dunkelblauen Auto um. Da stand aber nur eines in grellem Himmelblau. Da hatte ich schon so ein komisches Gefühl.

Die Frau an der Rezeption war freundlich und nett wie immer. Sie begrüßte mich mit einem breiten Lächeln. „Na, gefällt er Ihnen?" Ich antwortete, dass die Farbe mich schon ein wenig enttäusche. Das Blau sei ja nicht blau wie die Nacht, sondern eher grell wie ein modischer Pulli.

„Es ist doch ein tolles Blau! Ich würde es sofort nehmen. Und je nachdem, wo sie sich befinden, ist der Himmel nachts genau so!" Dann drückte sie mir zwei Schlüssel, die Papiere und diverse Rechnungen in die Hand. „So, jetzt sollen Sie aber auch erfahren, wie das Auto funktioniert. Auch wenn Sie natürlich sofort los-fahren können, gibt es ein paar Dinge, die es sich zu erklären lohnt." Ich nickte. Sie lächelte mich wieder an: „Billy sitzt schon im Auto. Er wird Ihnen alles erklären und sämtliche Fragen beant-worten. Alles, was er für Sie tut, ist im Preis inbegriffen." Mir lag eine etwas anzügliche Ant-wort auf der Zunge, aber ich verkniff sie mir, nahm meine Sachen und ging nach draußen zu dem himmelblauen Gefährt.

Auf dem Beifahrersitz saß ein jüngerer Mann, das konnte ich von außen sehen. Ich stieg ein. Er strahlte mich an: „Guten Tag, ich bin Billy. Was Sie wissen wollen, oder auch nicht" – er kicherte –, „erkläre ich Ihnen gern." – „Wie heißen Sie denn mit Nachnamen?", wollte ich wissen. „Ach, nennen Sie mich Billy, alle tun das."

Ich drehte mich resigniert zum Lenkrad. Die jungen Leute, was soll's. Einmal vom Hof gefahren, könnte Billy von mir aus gern Billy sein.

Als Erstes forderte er mein Handy: „Das müssen wir jetzt erst einmal anschließen." Gesagt, getan – er zog das passende Kabel aus seiner Jackentasche, steckte es in einen Steckplatz unter einem größeren Display und schloss mein Telefon daran an.

„Wollen Sie von Ulrike oder von Hans geführt werden?" – „Das ist mir im Moment egal, das kann man doch sicher später noch ändern?" – Er nickte. „Natürlich, natürlich. Also stellen wir mal Hans ein, sonst bin ich hier als Mann in der Minderheit." Er kicherte wieder über seinen eigenen Scherz.

„Dann fahren Sie mal los!", forderte er mich auf. „Wie? Ich dachte, Sie erklären mir das hier auf dem Hof?" – „Aber nein, wir fahren eine Weile, bis Sie die gröbsten Dinge kennen und können."

Ich fuhr los. Ich musste sowieso einkaufen, dann könnte Billy ja sehen, wie er vom Supermarktparkplatz wieder zurückkommt. Ich hatte ihn nicht eingeladen.

Nach wenigen Metern begann er, an den Tasten der Infothek herumzuspielen.

„Wohin fahren wir, können Sie mir bitte eine Adresse geben? Dann kann ich Ihnen gleich zeigen, wie das Navigationssystem funktioniert."

„Prachtstraße 15, der Supermarkt dort."

Billy nickte und sprach in die Infothek:

„Prachtstraße eins-fünf."

Eine männliche Stimme antwortete: „Hallo Billy, lange nichts mehr von dir gehört. Was gibt's?"

„Ja, ich mache hier eine Einführung, du weißt schon. Wir haben die Prachtstraße eins-fünf als Ziel angegeben. Nett übrigens, dich wieder zu hören, Hans. Du klingst frisch wie eh und je."

„Ich habe mich gut erholt, die meisten wollen ja Ulrike."

Plötzlich rief die Stimme aus dem Lautsprecher: „Manno, rechts, rechts hier!"

Ich drehte mich kurz zu Billy um.

„Ich fahre hier immer geradeaus!"

„Wir erproben doch jetzt das Navi. Also bitte so fahren, wie Hans sagt." Und zu Hans: „Vielleicht kannst du etwas eher Bescheid geben?"

„Die ... die Frau kann auch direkt mit mir reden", muffelte Hans. Ich sagte nichts und fuhr geradeaus. Irgendein Werbetrick von Skoda, nehme ich an. Schließlich kamen wir am Parkplatz an. Schwungvoll sprang Billy aus dem Wagen und begleitete mich in den Supermarkt.

„Wollen Sie unbedingt mit? Ich kann allein einkaufen!"

Billy grinste mich nur breit an. Dann begann er mir beim Einkauf ständig reinzureden. „Die Äpfel sehen aber wirklich besser aus, ihr Vitamingehalt ist höher." Oder: „Toastbrot? Ach du meine Güte, wenn es schon kein Vollkornbrot sein darf, bitte zum Übergang etwas Vernünftigeres." – „Das Toastbrot ist nicht für mich, ich füttere die Vögel damit."

Billy warf mir einen vorwurfsvollen Blick zu. „Wollen Sie die Vögel umbringen?" Er griff ins nächste Regal, zog eine Packung Biovogelfutter heraus und warf es in meinen Einkaufswagen. Zeit für eine Beschwerde bei Skoda, dachte ich.

Endlich geschafft. „Ich fahre jetzt nach Hause, Billy. Da müssen Sie den Bus nehmen, um zur Werkstatt zurückzukehren, ich habe keine Zeit mehr."

„Nein, nein, ich fahre mit und komme von da aus schon weiter."

Im Wagen unterhielt er sich mit Hans. Mir reichte es. Zum Abschied winkte er mir zu und ging zu Fuß davon.

Wieder ein Urlaubstag verprasst. Morgen habe ich mir auch noch freigenommen, dann habe ich ein langes Wochenende. Da kann ich selbst mal rumprobieren, was das Auto so an Neuheiten zu bieten hat.

10. März

Es ist schon eine Ewigkeit her, dass ich mir mal einfach so ein langes Wochenende gegönnt habe. Kinderlose stehen für Brückentage immer hinten an. Und mit Ex bin ich regelmäßig zweimal im Jahr in Urlaub gefahren: einmal zwei Wochen an die Ostsee, das andere Mal acht Tage nach Tirol. Jetzt bin ich frei.

Nach einem gemütlichen Frühstück mit Ei habe ich mir den Wetterbericht noch mal angesehen. Frühlingshafte Temperaturen, kein Schnee mehr.

Irgendwann diese Woche kommt sicher auch so ein Fragebogen, auf dem man nach sieben Tagen beurteilen soll, wie sich so 10.000 Kilometer in dem Auto anfühlen und ob man mit der Werkstattleistung zufrieden ist. Erst hatte ich beschlossen, mich über Billy zu beschweren. Er war schon ganz schön anmaßend. Aber dann habe ich doch wieder Zweifel. Vielleicht ist er einfach nur fleißig? Wenn ich mich jetzt beschwere, verliert er möglicherweise seinen Job. Was macht er dann? Eine Ausbildung hat er sicher nicht, sonst würde er nicht so einem Blödsinn nachgehen. Der müsste auch mal mehr an die Sonne, so blass wie er aussieht. Ein bisschen arg dünn und auch noch wässrig blaue Augen. Warten wir mal ab, bis der Fragebogen kommt. Dann bin ich vielleicht nicht mehr so wütend.

Jetzt bin ich aber ganz abgekommen von meinem Tag. Das Auto läuft nicht weg, sagte ich mir, nachdem ich lange genug rumgeschlampt hatte. Einkaufen musste ich nicht, also bin ich einfach mal zu Hause geblieben. Einen ganzen Tag voller Nichtstun. Einzig die Bedienungsanleitung meines neuen himmelblauen Gefährts habe ich mit aufs Sofa genommen. Das ist alles so merkwürdig beschrieben. Ich bin drüber eingeschlafen. Dann war schon Zeit fürs Mittagessen, aber ich hatte keinen richtigen Appetit. Ein Päckchen meiner Lieblingskekse kam mir gerade recht.

Nachmittags habe ich mit meinem großen Bruder und meiner besten Freundin telefoniert. Ihr habe ich versprochen, dass ich ihr nächste Woche, wenn sie etwas mehr Zeit hat, mal den neuen Wagen vorführe. Und dann machen wir eine Spritztour zu dem See hier in der Nähe, da gibt es so ein schnuckliges kleines Café.

Das war mein Tag. Abends habe ich mir einen seltenen Luxus gegönnt und mir Pizza und einen Salat beim Lieferdienst bestellt. Das ist mir normalerweise zu teuer, aber heute musste das sein!

Zum Abschluss habe ich einen wenig spannungsreichen Krimi geguckt, mein Tagebuch (wie zu sehen ist) geführt, und jetzt geht's ins Bett.

11. März

Was heute passiert ist, glaubt mir keiner. Nur mein Tagebuch, denn das weiß, dass ich es nicht anlüge.

Ein Samstag, wie er im Buche steht: ordentliches Wetter. Genau richtig, um das neue Auto ein wenig in der Praxis zu testen.

Als ich aus dem Haus kam und um die Ecke bog, um zum Parkplatz zu gehen, hatte ich den Eindruck, da lungert jemand hinter meinem Auto rum. Ich gehe forsch darauf zu, steht Billy da!

„Was wollen Sie denn hier?", fuhr ich ihn an. – „Ich begleite Sie heute." – „Nein, danke, Billy, wirklich, das wird jetzt lästig."

Billy sackte in sich zusammen und ließ die Schultern hängen. Ich öffnete mein Auto, stieg ein – da saß er schon auf dem Beifahrersitz.

„Bitte, Billy, steigen Sie aus!" – „Ich bin nicht Billy." – „Es ist mir ganz egal, wer zu sein Sie vorgeben, raus aus meinem Wagen!" – „Ich muss Ihnen doch noch die ganze Infothek erklären." – „Ich komme schon allein dahinter, wirklich. Billy, steigen Sie aus!" – „Ich bin nicht Billy, mein Name ist Dean." – „Ja, klar, und ich bin die Mutter vom Nikolaus!" – „Ehrlich, ich bin Dean. Billy ist mein Zwillingsbruder."

Ich starrte Billy-Dean wütend an. Dann sah ich es: Er war wirklich nicht Billy, er hatte nicht seine wässrig blauen Augen, sondern seine Augenfarbe war so ein blasses Grün. Außerdem hatte er eine kleine Narbe an der linken Schläfe.

„Egal, ob Dean oder Billy – Sie steigen jetzt sofort aus oder ich rufe die Polizei!" Er machte keinen Muckser. Ich drehte mich nach hinten, um mein Handy aus der Handtasche zu nehmen, aber er war flinker. Dann wollte ich raus aus dem Auto, aber ich bekam die Tür nicht auf. Sie klemmte!

Dean sackte auf dem Sitz zusammen.

„Echt, ich tue Ihnen nichts. Nun fahren Sie schon los." Ich verschränkte die Arme und gedachte gar nicht, anzufahren. Dean tippte leicht aufs Lenkrad, der Wagen setzte sich in Bewegung. Er fuhr einfach los. Hätte ich nicht schließlich doch ins Steuer gegriffen, wir wären in den Gegenverkehr reingedonnert.

„Bitte, glauben Sie mir, ich will doch nur, dass Sie das Auto gut kennenlernen." Ich konnte vor

Wut nicht antworten. Dean schaltete die Infothek an:

„Kleine Sekunde, Hans sagt Ihnen gleich, wohin wir fahren sollen."

Und schon gab mir Hans Anweisungen. Dabei unterhielt er sich mit Dean.

„Na, wie macht sich die Neue am Steuer?" – „Ganz gut. Hör mal, hast du Ulli schon gesehen?"

Ich mischte mich ins Gespräch: „Ach, ist das die Ulrike, die ich mir wahlweise als Stimme aussuchen kann?" Hans verstummte. Dean überlegte kurz:

„Nein, Ulli ist das Monster." – „So so, und wo ist Supermann? Oder sind Sie das?" – „Frau, fahren Sie mal geradeaus. Wir wissen doch beide, dass Supermann eine Comicfigur ist und sonst nichts. Sie müssen jetzt den Wagen richtig fahren lernen, sonst wird das schwierig, wenn Ulli uns findet." – „Warum fahren Sie nicht gleich selbst?" – „Ich darf nicht Autofahren."

Ich musste mich urplötzlich sehr aufs Fahren konzentrieren, denn die Straße wurde auf einmal hügelig. Und mit ‚auf einmal' meine ich nicht, dass ich eine hügelige Straße vor mir hatte, sondern dass die kerzengerade Straße vor mir kleine Hügel wie Blasen aufwarf.

Dean und Hans unterhielten sich über meine Lernerfolge. „Kompetenter, als ich gedacht hatte", meinte Hans großzügig. „Abwarten", riet ihm Dean.

Die Hügel verschwanden, dafür gab es unversehens Aquaplaning jede Menge. Offenbar bestand ich auch diese Prüfung, denn Dean klatschte.

„Jetzt fahren wir nach Hause, dann ruhen Sie sich besser gut aus. Morgen geht's weiter!"

„Das werden wir noch sehen", erwiderte ich verärgert. Ich stand auch ein bisschen unter Schock. Alles war so merkwürdig.

Zu Hause angekommen, verabschiedete sich Dean von mir. Ich tat so, als beträte ich das Haus, beobachtete ihn aber heimlich. Er schlenderte davon. Ohne zu zögern, ging ich zum Auto und wollte die Tür öffnen. Sie klemmte! Dann passte der Schlüssel nicht ins Schlüsselloch. ADAC anrufen? Ich kehrte ins Haus zurück und nahm den Telefonhörer in die Hand. Tot. Dann eben Handy – aber da gab es gar keine Telefonmöglichkeit, keine App, kein Widget. Das ist doch nicht wahr, das kann nicht wahr sein.

Ich sitze neben dem Telefon, die Tasten leuchten abwechselnd in allen möglichen Farben. Telefonieren kann ich nicht. Das stimmt nicht ganz: Ich kann Nummern wählen, nur nicht die Notrufnummern. Es antwortet auch niemand.

Ich bin kraftlos, das ist mir alles zu viel. Morgen ist der Spuk sicher vorbei, dann kann ich etwas unternehmen.

12. März

Heute wollte ich mich mit Freunden zum Wandern treffen. Das ist etwas, das ich nach meiner Scheidung angefangen habe, und es macht Spaß. Es geht ja nicht nur um die Bewegung, man unterhält sich, abends kehren wir noch irgendwo ein, um etwas zu essen.

Sagt man heute noch ‚einkehren‘? Eventuell ist das auch wieder so ein altmodisches Wort, das mittlerweile niemand mehr kennt. Vielleicht sollte ich Billy oder Dean danach fragen. Ha ha. Es war echt so, als ich heute Morgen auf den Balkon trat, um das schöne, wenn auch kühle Wetter zu begrüßen, stand Billy oder Dean – von hier oben nicht zu unterscheiden – schon am

Auto. Bevor ich meinen Sonntag mit Diskussionen und unnötigen Fahrten vertrödele, habe ich einen der Mitwanderer angerufen. Kein Problem, ich wurde abgeholt. Billy oder Dean stand mit offenem Mund am Auto, als ich ihm im Vorbeifahren zuwinkte.

Es war ein Superausflug. Wir sind heute um die Gehrketalsperre gewandert. Es gab jede Menge Schneeglöckchen, und die ersten gelben und violetten Krokusse wucherten dort am Rand des Gehwegs. Die Wanderung dauerte vier Stunden plus Pause. Die anderen sind etwas fitter als ich. Aber das werde ich bestimmt bald aufholen. Dann waren wir in einem Restaurant dort in der Gegend, so richtig gutbürgerlich. Ich habe Wintergemüse mit Bratkartoffeln und Spiegelei bestellt. Traumhaft!

Jetzt bin ich hundemüde, den Krimi habe ich schon halb verschlafen.

13. März

Entweder träume ich zu lebhaft oder ich bin überarbeitet, übermäßig gestresst, halb wahnsinnig. Sonst kann ich mir das alles nicht mehr erklären.

Heute Morgen stand wie gewohnt Billy oder Dean am Wagen. Ich muss da mal bei Skoda oder der Werkstatt nachhaken, ob sie ihren Kundenservice nicht ein bisschen übertreiben. Aber wenn Billy und Co. nur meine Einbildung/ Träume sind, halten die mich dort sicher für durchgedreht.

Ich ging runter zum Wagen, es war wahrhaftig Billy. Er hatte die Hand schon an der Wagentür und grinste. Okay, sollte er doch.

„Ich muss jetzt zur Arbeit, also bitte keine Ablenkungsmanöver. Ich verdiene nicht so viel, dass ich mir da zu viel rausnehmen kann mit Verspätungen und so."

„Auf keinen Fall", beteuerte Billy mit treuem Augenaufschlag. „Aber vorher ist doch noch Zeit für eine kleine Fahrt ins Blaue!" – „Nicht wirklich. Wenn der Verkehr glatt läuft, was eher selten ist, vor allem an einem Montag, brauche ich zwanzig Minuten. Ich habe nur noch 28." – „Keine Sorge, das reicht, ich gebe dir mein Wort."

Was immer das heißen mag. Ich werde einfach zur Arbeit fahren. Langsam habe ich mir auch den Eco-Tipp des Autos verinnerlicht: Ich gebe

kein Gas, um den Motor anzulassen. Jahrzehnte-
lange Fahrgewohnheiten aufzugeben, ist gar
nicht so einfach. Auf dem Display steht immer
der Gang, den ich eingelegt habe. Wenn ich
hochschalten soll, wird eine Empfehlung ange-
zeigt. Auch das versuche ich zu übernehmen und
stelle fest, dass ich lange zu hochtourig gefahren
bin.

Billy schnallte sich an und drückte auf den
Knopf an der Infothek. „Ich kenne den Weg, und
Radio stört mich beim Fahren!"

Statt wieder auszuschalten, begrüßte er Hans.
Der fragte gleich: „Wo soll's hingehen?" – „Ich
habe versprochen, dass wir eine Fahrt ins Blaue
machen." – „Wie? Jetzt schon? Ich meine, deine
Fahrerin hat den Wagen nicht mal eine Woche!" – „Die ist begabt, echt. Mach los."

Sollte das kleine Kompliment mich irgendwie
günstig stimmen? Hans gab Anweisungen.

„Dritte Ampel rechts. Dann immer geradeaus.
Nach fünf Kilometern kommt ein Kreisverkehr ..." Billy hatte sich zurückgelehnt und
schien die Landschaft zu genießen. Es war noch
dunkel, die Bäume am Straßenrand waren
dunkelgrün. Mit zunehmendem Licht sah ich

mehr – und das war grünblau. Je weiter wir fuhren, umso blauer wurde die Gegend. Die Bäume waren blau, die Straße dunkelblau, der Himmel hatte dieselbe Quietschfarbe wie mein Auto. Ich kniff mich in den Arm, es tat weh.

Billy amüsierte sich über mich, Hans gab weiter Anweisungen. Ich schaute auf die Uhr. „Es ist jetzt Zeit, umzudrehen! Ich kann es mir echt nicht leisten, zu spät zu kommen."

Etwa zwanzig Kilometer weiter beugte Billy sich nach vorn: „Hans, wir kommen Monster Ulli jetzt langsam zu nah. Ich denke, es reicht, um die Gegend kennenzulernen." Am nächsten Kreisverkehr fuhren wir zurück. Am Horizont hatte ich so etwas wie einen Glaspalast erspäht. Auf meine Frage, was das denn sei, reagierte Billy gar nicht. Hans antwortete trocken: „Ein andermal, du musst zur Arbeit." Ich schaute wieder auf die Uhr. Mindestens eine halbe Stunde Verspätung konnte ich nicht vermeiden.

Endlich waren wir am Büro, alles hatte normale Farben. Billy stieg aus: „War doch nett, oder?" Er klopfte aufs Wagendach und sagte: „Wir sehen uns!" Ich beugte mich aus dem Fenster und rief ihm hinterher: „Muss nicht sein!"

Im Zimmer 324, meinem Büro, angekommen, war eine meiner beiden Kolleginnen bereits da. Sie hob den Kopf und fragte: „Warum bist du denn eine Viertelstunde zu früh? Sonst kommst du doch immer viel knapper." Ich murmelte etwas vor mich hin.

Abends auf der Heimfahrt war es schon fast unheimlich. Kein Billy, kein Dean, aus der Infothek kam leise Radiomusik, als ich sie einschaltete.

Jetzt sitze ich hier, rühre in einem Pfefferminztee und überlege, was das war. Wenn es ein Traum war, würde ich gern noch mal ins Blaue fahren. Es war surreal, kühl, aber gleichzeitig verlockend.

14. März

Ist es tatsächlich vorbei? Ich kam heute Morgen zum Auto runter – kein Zeichen von Dean oder Billy. Das Radio habe ich eingeschaltet, es lief der normale Lokalsender. Es wäre ja zu schön, um wahr zu sein. Der Fragebogen zum neuen Auto ist immer noch nicht da.

Heute Abend bin ich dann mit meinen beiden Kolleginnen ganz spontan essen gegangen. In ein griechisches Lokal, das ich gar nicht kannte. Leckeres Essen und sehr freundliche Bedienung!

Ich habe mit mir gerungen, ob ich ihnen von Billy usw. erzähle, habe mich aber dagegen entschieden.

15. März

Auch heute sind keine merkwürdigen Dinge zu notieren. Sieht man einmal davon ab, dass unsere Chefin sich um ein angesagtes Erscheinungsbild bemüht. Sie macht sich lächerlich in diesen modischen Klamotten. Muss man mit fünfzig hautenge Jeans mit Löchern am Knie tragen? Zum Glück ist das nicht mein Problem. Meine beiden Kolleginnen lachen und tratschen über sie, ich halte mich da raus. Ansonsten ein langweiliger Tag.

21. März

Meine Großmutter pflegte zu sagen: „Es geht nichts über langweilige Tage, wo nix passiert." Ich habe mich immer darüber amüsiert. So Abenteuer sind doch nett! Aber seitdem ich am eigenen Leib erfahren habe, wie das ist, wenn man nicht ganz sauber tickt und ständig Aufregendes erlebt, sehe ich das anders.

Ich bin mittlerweile überzeugt, dass dieses ganze Billy-Dean-Hans-Zeugs nur eine Fantasie war, entsprungen aus meinem überarbeiteten Hirn. Wobei diese Atmosphäre, als ‚wir‘ ins Blaue gefahren sind, die hatte schon was. Ich muss immer kichern, wenn ich an Monster Ulli denke. So eine komische Zusammenstellung, das kann doch keiner ernst nehmen. Es ist vermutlich auch eine Erfindung meines Gehirns, eine Reminiszenz an den von uns allen verhassten Referendar namens Ulli. Oder hieß der Uli? Egal.

Am Freitag fahre ich mit einer Freundin übers Wochenende an die Mosel. Dann habe ich vielleicht wieder etwas zu schreiben.

26. März

Wir sind mit meinem Auto gefahren, meine Freundin war beeindruckt: Was der kleine Wagen alles kann, dabei sitzt man bequem. Viel leiser als die alte Version ist er auch. Als ich das sagte, meinte sie: „Vielleicht sagst du das auch mal über einen neuen Mann." Da mussten wir beide lachen.

Überhaupt haben wir am Wochenende viel gelacht. Das Wetter war so mäßig. Zum Glück lag in einer Sitztruhe in unserer Ferienwohnung eine Spielesammlung. Ab und an konnten wir auch mal raus.

Wir haben viele Gespräche geführt. Manchmal war ich kurz davor, von Benny und Dean zu erzählen. Aber dann habe ich doch lieber über Ex geschimpft.

Vorhin habe ich mir noch mal die ersten Eintragungen durchgelesen. Ich weiß nicht, ob ich denn das Tagebuch weiterführen soll. Ich hatte Billy schon fast vergessen, so sehr, dass ich an der Mosel gedacht hatte, er heißt Benny. Wohl doch eine Folge vom Scheidungsstress.

Morgen muss ich wieder arbeiten. Na gut.

28. März

Als ich morgens ins Auto einsteigen wollte, ist mir mein Portemonnaie aus der Hand gefallen. Natürlich hat sich das Münzfach geöffnet, dann sind mir die Münzen herausgerollt. Ein paar lagen neben meinen Füßen, aber sicherheitshalber habe ich unters Auto geguckt. Da hörte ich eine mir bekannte Männerstimme:

„Vorsicht, stoß dir nicht den Kopf!"

Ich schaute hoch, genau, das war Dean.

„Seit wann duzen wir uns, junger Mann?" – „Seit heute. Ist doch einfacher."

Schnell in den Arm gekniffen, doch nur ein Traum? Nee, es tat weh.

„Ich dachte, ihr seid nur ein Hirngespinst." – „Tja, tut uns leid, aber wir waren verhindert. Du weißt ja, Monster Ulli."

Ich hatte keinen Bock auf das Gespräch und setzte mich ins Auto. Wie gewohnt hatte Dean sich gleich auf dem Beifahrersitz breitgemacht.

„Raus!" – „Nee, sorry, wir bleiben am Ball." – „Glaube ich nicht, es ging ja auch zwei Wochen ohne mich." – „Kein böser Wille, echt nicht, wir waren einfach beschäftigt." Ich sah mich um, niemand in Sicht, den ich um Hilfe bitten konnte. Mein Handy steckte in der Handtasche auf dem Rücksitz. Dean schaltete die Infothek ein.

„Moin Dean", kam eine weibliche Stimme aus den Lautsprechern. „Moin Ulrike", antwortete Dean. „Wie geht's?" Die beiden begannen Smalltalk. Ich ließ den Wagen an und verlangte nach der Stimme von Hans.

„Sorry", erklärte Dean. „Der kann zurzeit nicht, das Ulli-Monster hat ihn im Griff." – „Bitte, wir sind hier nicht im Kindergarten!" – Mein Beifahrer schaute mich verzweifelt von der Seite an: „Doch, wirklich. Wir müssen was tun, um ihn zu retten, aber ich weiß nicht, was." – Ich sagte erst einmal nichts und fuhr los. „Nächste Straße rechts", ergänzte Ulrike. Ich machte keine Anstalten, abzubiegen. Zum Büro geht es geradeaus. „Ich habe rechts gesagt!", keifte Ulrike mich an. Dean drehte den Kopf zu mir: „Du solltest wirklich fahren, wie Ulrike sagt!" Ich dachte nicht dran. An der nächsten Abbiegung riss Dean einfach das Steuer nach rechts. Wir hatten großes Glück, es ist nichts passiert, außer dass ich einen Schock erlitt.

„Was fällt dir ein?", pfiff ich ihn an. Dean schaute zum Fenster hinaus und summte eine Melodie. Ulrike mischte sich ein: „Hat Ulli sich wieder in die Software von Hans gehackt?" – „Wir denken schon. Er ist aber so ein lausig schlechter Hacker, es ist das erste Mal, dass dabei etwas passiert. Wir müssen ihn wirklich stilllegen." – „Und du meinst, ihr habt euch mit dieser Tussi hier wirklich die Richtige ausgesucht?" – Dean nickte. „Ja, sie war die beste, die wir finden konnten. Die anderen waren noch schlimmer." – „Kaum zu glauben", kicherte Ulrike. Es dämmerte mir erst allmählich, dass sie über mich sprachen.

„Los, fahr mal so, wie Ulrike dir sagt!"

Ich gab nach. Wir fuhren, wie die Frauenstimme vorgab. Wieder begann sich die Gegend blau zu verfärben, bis der Himmel so knatschblau war wie mein Auto. Da sah ich rechts wieder dieses Glasgebäude. In dem Augenblick rief Ulrike: „Stopp, sofort drehen und zurückfahren!" – Ich sah Dean fragend an. Er antwortete prompt: „Mach schon, sonst muss ich dir wieder ins Lenkrad greifen."

„Das war knapp!", rief Ulrike aus. „Ich habe die Leitungen erst vier Zentimeter vorher entdeckt."

„Was für Leitungen?" Aber niemand antwortete mir.

„Du kannst jetzt zur Arbeit fahren", ermunterte Dean mich. „Morgen früh schauen wir mal, ob wir irgendwie weiterkommen."

Am Parkplatz angekommen, sprang er grußlos aus dem Wagen. Ich zweifle einmal mehr an meinem Verstand. Im Büro war ich wieder überpünktlich.

29. März

Heute Morgen war ich clever, dachte ich. Ich schob die Lamellen der Jalousie leicht zusammen und schaute auf mein Auto, das ich extra so geparkt hatte, dass ich es im Blick hatte. Keine Person in Sicht. Prima.

Ein früher Anruf von Ex. Irgendwas von einem teuren Schmuckstück, das er wiederhaben wollte. Ich hätte das bei Gericht absichtlich unterschlagen. Ich habe wortlos aufgelegt. Irgendwann wird seine wunderbare neue Freundin ihn annerven, warum er ständig bei mir anriefe.

Ich packte meine Siebensachen. Da ich nie weiß, wie nah am Bürogebäude ich einen Parkplatz bekomme, nahm ich die Regenjacke über den Arm. Es war ungewöhnlich warm.

Bei dem trüben Wetter hätte ich es beinah nicht gesehen: Da saß doch jemand auf dem Beifahrersitz! Ich riss die Tür auf. Eine blasse junge Frau schaute zu mir hoch. „Raus hier!", herrschte ich sie an. Sie lächelte verlegen. Ich zog an ihrem Arm, was sie weiter nicht beeindruckte.

„Halt, warte doch erst einmal. Ich bin Ulrike!"

„Ulrike?", fauchte ich zurück. „Ulrike ist eine Stimme, sonst nichts." Ich hätte nicht anfangen sollen zu diskutieren. Ulrike entwickelte eine krude Theorie, warum ihre Stimme aus der Infothek kam und warum weder Billy noch Dean Zeit hätten. Billy hatte angeblich seinen freien Tag in der Woche (was definitiv gelogen ist) und Dean war erkältet.

Ich ergab mich schließlich in mein Schicksal. „Kann ich ins Büro fahren?", fragte ich dennoch. Ulrike schüttelte ihren Kopf. Sie hatte die gleichen hellblonden dünnen Haare wie Billy und Dean, war ebenfalls groß und eher hager. Meine Frage nach einer Verwandtschaft beantwortete sie nicht, stattdessen schaltete sie die Infothek ein. Hans begrüßte sie mit müder Stimme.

„Oh, Hans, guten Morgen. Du klingst nicht gut." – „Mir geht's auch nicht gut. Die Sache mit Monster-Ulli hat mich wirklich angeschlagen. Der steht auf Durchzug und knappes Essen. Ich denke, ich habe mich auch erkältet. Wir müssen diesen Typen ausschalten!" – „Mist, ich hoffe, dir geht's bald besser. Heute sagst du der Tusse, wo's lang geht." Ich wurde langsam sauer, noch saurer: „Also, wenn ich schon was für euch tun soll, könnt ihr euch wenigstens die Mühe machen, meinen Namen zu benutzen."

Ulrike schaute nachdenklich unter ihrem langen Pony hervor. Ernsthaft sprach sie: „Namen sind Schall und Rauch." Aus mir unerfindlichen Gründen brachen beide dabei in ein herzhaftes Lachen aus. Ich ließ den Wagen an, die ersten Kilometer zum ,ins Blaue' kannte ich ja schon. Ulrike schrie mich an:

„Bist du wahnsinnig? Du bringst uns alle in Gefahr. Warte, bis Hans dir sagt, wo es lang geht." Hans räusperte sich und begann, mir einen äußerst komplizierten Weg vorzuschreiben. Hatten wir heute ein anderes Ziel? Aber nein, nach etwa dreißig Kilometern beobachtete ich erneut dieselbe Blaufärbung. Die Straße wurde eng, dann weitete sie sich wieder. Also, vor meinen Augen wurde sie immer breiter. Hügel entstanden, Gräser wuchsen am Rand und fielen zusammen. Dann war auch das gläserne Haus wieder zu sehen. Wir waren vielleicht noch ein paar Hundert Meter entfernt, da schrien Ulrike und Hans wie aus einem Mund: „Halt! Keinen Meter weiter!" Das Auto machte ohne mein Zutun eine Vollbremsung. Ich hatte hinterher den

Eindruck, das alles sei nur Einbildung. Aber die Beule, die ich mir geholt hatte, als mein Kopf beim Bremsen auf das Lenkrad flog, ist immer noch da. Meinen Kolleginnen musste ich später etwas von einem Fast-Unfall vorlügen.

„Was ist denn jetzt? Echt, ich hätte mich beinahe wirklich verletzt!" – „Keine Sorge", tröstete mich Ulrike, „das lässt das Auto nicht zu." – „Und warum fahren wir jetzt nicht weiter?" – „Weil Ulli jeden Tag geschickter wird. Er hat jetzt Sensoren unter die Straße gelegt, weil wir das Leitungsproblem lösen konnten." – „Ah so", sagte ich und verstand natürlich nichts.

„Sorry", tönte die Stimme von Hans aus der Infothek. „Das muss er letzte Nacht gemacht haben, ganz spät, denn ich habe die Straße um 23 Uhr noch gründlich elektrisch gecheckt." Wir konnten drehen, und ich war wieder zehn Minuten zu früh im Büro.

Meine Chefin ließ mich rufen. Ob es mir nicht gut gehe, ich sähe echt mitgenommen aus. Ich beruhigte sie, es sei nichts Schlimmes. Einfach nur etwas Müdigkeit. „Wir brauchen hier aber fitte Teammitglieder", warnte sie mich. Ich nickte. „Kann ich jetzt gehen? Meine Arbeit wartet.“

Nach der Arbeit habe ich mir einen Fertigsalat aus dem Supermarkt geholt. Irgendwas stimmt nicht mit mir. Aber die Beule ist da!

29. April

Wie die Zeit rast! Gerade habe ich nachgeguckt, mein letzter Eintrag ist schon einen Monat her.

Die Wochen lassen sich ohne größere Umstände zusammenfassen: Ich war einfach ständig unterwegs. Meist mit Billy, häufig mit Dean, ein paarmal mit Ulrike. Nur Hans kenne ich noch nicht persönlich.

Ob vor der Arbeit oder danach, das Quartett lässt mir keine Ruhe. Meine Kolleginnen und selbst meine Chefin haben schon mehrfach festgestellt, dass ich erschöpft aussehe. Daher habe ich Billy gestern gesagt, dass ich unbedingt mal ein Wochenende frei haben muss.

Es passiert ja immer dasselbe: Einer vom Quartett taucht auf, fordert mich auf, irgendwo hinzufahren. Meist in Richtung des Glaspalastes in der Region Blau, wir haben uns dem Bau jetzt schon von allen Seiten genähert. Manchmal fahren wir auch woanders hin. Es sind stets unbekannte Gegenden, Städtenamen, die ich nicht kenne. Es ist nicht immer alles blau. Gelegentlich einfach nur vergnügliches Umherfahren. Zwei- oder dreimal haben sie mich wahrhaftig zum Essen eingeladen, aber ich hatte keinen Appetit.

Dieses Wochenende sollte ich dann mit Dean irgendwo in den Wald fahren für ein ganz besonderes Picknick. Aber ich habe gestreikt. Ich glaube, ich habe überzeugende Argumente angeführt oder meine Erschöpfung ist selbst für die vier zu offensichtlich. Billy hat mir freigegeben!

Das Ulli-Monster erwähnen sie auch immer wieder. Inwieweit unsere Stippvisiten etwas mit ihm zu tun haben, sagt mir niemand. Untereinander babbeln sie eine Menge, mit mir nicht so viel.

Da ich mir vorgenommen hatte, dieses Tagebuch mindestens ein Jahr lang zu führen, war ich fest entschlossen, heute direkt nach dem Frühstück einen kleinen Eintrag zu machen. Klein, na ja. Gleich fahre ich in den Supermarkt, danach verlasse ich die Wohnung nicht mehr. Ich habe schon fast vergessen, wie sie aussieht. Dann mit einem Buch aufs Sofa und das soll es gewesen sein.

Eine Sache will ich noch festhalten: das mit der Zeit. Wenn wir vor der Arbeit fahren oder zu einer anderen Zeit, an der ich einen festen Termin habe, bin ich immer rechtzeitig zurück, auch wenn wir vielleicht ein paar Hundert Kilometer zurückgelegt haben. Aber wenn die Fahrt in meine Freizeit fällt, dann vergeht die Zeit normal.

Ich habe meinen Einkaufszettel beim Frühstücken geschrieben. Draußen ist das Wetter ganz ordentlich, daher fahre ich direkt ins Zentrum. Nur die Küche will ich vorher aufräumen, das ist so eine Angewohnheit: Ich gehe nicht aus dem Haus, selbst nicht für eine kleine Besorgung, wenn noch Zeugs rumsteht.

Jetzt klingelt es, kurz vor zehn Uhr. Der Postbote?

30. April

Es war leider nicht der Postbote! Dabei habe ich eine Gegensprechanlage, habe sofort gefragt: „Wer ist da?" – „Ich habe ein Paket für Sie", kam als Antwort. Da habe ich neugierig die Tür geöffnet. Wer kommt die Treppe hoch, dümmlich grinsend? Billy!

„Hey, wir können jetzt das Picknick machen, das Wetter ist toll, wer weiß, wann das mal wieder so ist!" – „Aber ihr habt mir doch ein freies Wochenende zugestanden." – „Ja, ja, haben wir, schon. Aber jetzt passt das Wetter so ideal."

Ich hielt Billy entnervt den Autoschlüssel hin, mir war selbst das Auto egal. „Dann fahrt doch zum Picknick!" Er warf mir einen treuherzigen Blick zu: „Aber keiner von uns hat einen Führerschein." Er machte eine kleine Pause, seinen Fuß immer noch in der Tür. „Außerdem haben wir wirklich alle Zeit, d. h. – ist das nicht toll? –, du kannst endlich Hans persönlich kennenlernen."

Hans war mir halbwegs egal. Meine Neugierde auf ihn hielt sich in Grenzen. Aber ich hatte gelernt: Hartnäckigkeit klappt bei diesen Typen selten. Ich nahm eine Jacke. „Habt ihr denn alles dabei?" Billy strahlte: „Klar, einen Riesenkoffer mit Leckereien!" – „Auch eine Decke?" – „Wofür braucht man die?" Ich zog meine alte Ersatzdecke aus dem Garderobenschrank. Eines der wenigen Dinge, die meine Aufräumlust beim

Einzug überlebt hatten, obwohl sie aus der Ex-Zeit stammten. Er hatte sie mal bei einer Tombola gewonnen und mir zu Füßen gelegt. So ganz theatralisch, natürlich als Scherz gedacht. Dann fiel mir ein: „Einer von euch passt doch sonst immer auf Ulli-Monster auf. Warum heute nicht? Oder habt ihr das vergessen?" – „Den haben wir beschäftigt", Billy kicherte. „Wir haben das von ihm geschriebene kostenlose Do-it-yourself-Programm gehackt und ein paar Fehlerchen eingebaut. Da wird er heute mit Support genug zu tun haben."

Als ich zum Auto kam, standen Dean und Ulrike schon dort, in der Hand einen riesigen Korb. Ich öffnete den Kofferraum.

„Sollen wir auf Hans warten?", wollte ich wissen. Billy schüttelte den Kopf. „Der kommt später."

Billy setzte sich auf den Beifahrersitz, was bei den beiden anderen erst einmal für Unmut sorgte. Ich fuhr dann einfach los. Hans sprach aus der Infothek und lotste mich durch die Straßen, bis wir wieder in die blaue Gegend kamen. Dort sollte ich anhalten.

Ich stieg vorsichtig aus, das hatte ich noch nie gemacht. Ulrike und Dean trugen gemeinsam den Korb, laut schimpfend. Ich stellte mich taub. Das fehlte noch, dass ich da auch noch mithelfe! Ich hatte meine Decke unterm Arm. Schließlich kamen wir an eine – wie zu erwarten: blaue – Steinwand und schritten durch ein Tor. Da waren wir plötzlich wieder in einer normalfarbigen Welt: ein kleiner Wald mit wohltuend schattiger Lichtung. Billy suchte nach einer Ecke, in der wir sitzen konnten. Ich breitete die Decke aus, Ulrike und Dean legten die Sachen aus dem Korb darauf.

Ich machte ein langes Gesicht. Da war überhaupt nichts bei, was ich gern esse. Alkoholische Getränke, jede Menge Cola, das trinke ich alles nicht. Keine einzige Flasche Wasser. Lauter merkwürdiges Zeugs: Langustenburger, fettige Reibekuchen, pink schimmernde Frikadellen, labberiges Weißbrot, Götterspeise im Tetra Pak, es nahm kein Ende.

Die drei warteten gar nicht, sondern machten sich gleich über das Essen her. Keiner wunderte sich, dass ich nichts nahm. „Warum hat mich nicht mal jemand gefragt, was ich mag?", fragte ich laut. Die drei kauten weiter, als ob ich nicht da wäre. Durch das Tor kam dann eine Figur, das musste Hans sein. Nicht, dass er sich mir vorgestellt hätte. Er setzte sich zwischen Dean und Billy. „Ist sie das?", fragte er und drehte kurz den Kopf zu mir. Nachdem Ulrike ihm das bestätigt hatte, machte er sich auch an dem Picknickkorb zu schaffen.

Hans ist der Älteste, ich schätze mal, so um die fünfzig, etwas jünger als ich. Die scheinen alle aus einer Form gegossen zu sein. Auch er ist groß, schlank und hager. Das dünne Haupthaar lässt noch etwas Blond erkennen. Seine Augen sind hellgrau.

Die vier unterhielten sich blendend. Ich wurde allmählich richtig sauer und kam mir extrem überflüssig vor. Ich schien nur gut dafür zu sein, mein Auto zur Verfügung zu stellen und sie durch die Gegend zu kutschieren. Vielleicht war ja Ulli gar nicht das Monster?

Ich stand schließlich auf und rief: „So, ich fahre jetzt nach Hause." Nicht, dass das jemanden gekümmert hätte. Ich ging zum Auto, drückte auf die Fernbedienung: Nichts tat sich.

sodass ich wohl oder übel zu den anderen zurückging.

Schließlich griff Hans in den Korb und zog aus einer verborgenen Tasche eine Flasche Mineralwasser und zwei geschmierte Brote mit Ei und Käse.

„Wir machen doch nur Spaß", rief er mir zu, stand auf und gab mir Wasser und Brote. „Merkwürdiger Spaß", sagte ich und setzte mich wieder hin. Ich hatte Hunger und aß alles auf. Während sich die Unterhaltung der vier mehr und mehr auf Monster Ulli konzentrierte, wurde ich träge und müde. Ich lehnte mich gegen einen Baum, blinzelte in die Gegend und bin dann wohl eingeschlafen.

Als ich aufwachte, war nur noch Ulrike da, die mich an der Schulter rüttelte. „Wir müssen zurück." Ich öffnete die Augen, es war dunkel und kühl. Vom Schlafen am Tag war mir übel. Ich stand benommen auf. Das Auto ließ sich wieder öffnen, Ulrike verstaute Abfall, Korb und Decke im Kofferraum. Ich hätte sie gern einfach stehen lassen, wusste aber aus ähnlichen Erfahrungen, dass das nie funktionierte.

Ich wartete, dass Ulrike mit der Infothek Kontakt aufnahm, damit wir eine Navigation erhielten. Aus dem Lautsprecher kam nur blechernes Klirren. Ulrike haute auf die Infothek und fluchte. „Ich kenne den Weg nicht. Hast du wenigstens aufgepasst?" – „Ich? Du machst wohl Witze." – „Okay, dann müssen wir es eben so versuchen. Irgendwie kommen wir schon wieder hier raus." Ich war mir nicht so sicher. Ulrike ließ mich in die merkwürdigsten Ecken fahren, und das in absoluter Dunkelheit. Einmal standen wir an einem Fluss, weit und breit keine Brücke. „Ach, da habe ich mich wohl falsch erinnert."

Zum Glück reicht mein Benzin immer ewig, wenn einer von den vieren mit mir fährt. Ohne Straßenlicht ist Fahren trotz modernster LED-Scheinwerfer schwierig. Ich weiß nicht, wie viele Kilometer und Stunden wir herumgeirrt sind, aber es roch nach Morgen, als endlich wieder eine Stimme aus der Infothek kam. „Meine Backe, ihr habt euch ja vielleicht total vertan. Umdrehen und dann die erste rechts." Dem Dialog mit Ulrike entnahm ich, dass hier wohl Ulli beim Versuch, den Support zu leisten, wichtige Datenverbindungen gekappt hatte.

Am frühen Morgen war ich wieder in meiner Wohnung. Dann habe ich erst mal etwas Vernünftiges gegessen. Heute bleibe ich nicht lange wach, ich bin sowas von alle!

1. Mai

Den Wecker hatte ich gestern abgestellt, genau wie die Türklingel und das Telefon. Als ich um zehn Uhr aufstand, hatte ich endlich mal wieder das Gefühl, richtig ausgeschlafen zu sein. So ein Feiertag ist was Feines! Ich hatte zig Anrufe auf dem Festnetz und auf dem Handy. Wenn da schon *anonym* steht, ist mir doch klar, wer das wohl war. Die Klingel schalte ich erst morgen wieder ein.

Dann habe ich bei meiner Freundin angerufen und sie gefragt, ob sie Bock auf einen kleinen Ausflug mit mir habe. Sie fand die Idee prima. „Aber bitte keine Veranstaltungen zum ersten Mai." Da musste ich lachen. Als wenn ich mir so ein Gelaber anhöre. Aber dafür kennt sie mich ja. „Holst du mich ab?" – „Warum willst du denn nicht mit deinem neuen Wagen fahren? Ich hätte da schon mal gern dringesessen." Hmmm, da musste mir jetzt schnell was einfallen. Ich hatte Ulrike nämlich schon unten neben meinem Wagen gesehen. „Also, ich habe gestern eine halbe Flasche Wein getrunken." – „Wie, du? Du trinkst doch sonst nie." – „War mir nach." – „Okay, dann bin ich um zwölf Uhr da." – „Ich gehe dir schon mal entgegen, ich denke, ich bin dann schon an der Gartenstraße."

Wie eine Diebin bin ich aus dem Kellerausgang über den Garten nach draußen geschlichen. Lächerlich. Aber ich wollte mir diesen Tag keinesfalls verderben lassen. Ich habe nur etwa acht Minuten an der Ecke Gartenstraße/Bahnhofsstraße gestanden, da kam meine Freundin schon in ihrem uralten Panda.

Der Tag war superschön. Wir sind in die Nachbarstadt zum alten Aussichtsturm gefahren, eine große Strecke spazieren gegangen und haben die Jugendstilvillen bewundert. Zum Glück hatte meine Freundin jede Menge Neuigkeiten zu berichten, von ihrem bevorstehenden Umzug, von der Arbeit und was nicht alles. Da musste ich nicht so viel erzählen.

Abends haben wir uns zum Abschluss im *Restaurant zum schnellen Ritter* ein echt teures Essen gegönnt. Mit drei Gängen! Ich platze jetzt fast, aber es war so schön. Meine Freundin geht da öfter mal hin, mit Kollegen und so. Ich war noch nie dort. Sie hat mich dann vor der Haustür abgesetzt, wir haben vereinbart, mal wieder öfter was gemeinsam zu unternehmen.

Schön wär's. Solange die Billy-Clique mich belagert, wird das kaum was. Selbstverständlich war Billy da, die hatten rasch kapiert, was los war. „Das wird nicht noch mal klappen!", pfiff er mich an. „Was?", versuchte ich unschuldig zu tun. An der Wohnungstür war ich schneller als er. Bevor er seinen Fuß auf die Schwelle setzen konnte, hatte ich sie zugeknallt. Nein, diesen schönen Tag wollte ich mir nicht verderben lassen. Er hat dann noch vor der Haustür rumgejammert, gebettelt und getobt, aber als er merkte, dass ich einfach nicht reagiere, ist er abgezogen. Da werde ich morgen früh um eine ‚Fahrt ins Blaue' kaum herumkommen.

2. Mai

Heute war's mal regelrecht interessant. Wir sind wie gewohnt wieder ins Blaue gefahren, Dean auf dem Beifahrersitz. Der trinkt häufig so eine Plörre, keine Ahnung, was das ist. Es riecht nach Kampfer, Vanille und Fenchel. Womit ich sagen will: abwechselnd eine der Geschmacksrichtungen.

Diesmal ist es uns gelungen, ziemlich nah an den Glaspalast zu kommen. Dean kicherte was von: „Ja, ja, Ulli, dich haben wir beschäftigt." Er leitete mich zu einem Parkplatz vor dem Haus. Dann forderte er mich auf, in das Haus zu gehen und nach Ulli zu fragen.

„Bin ich wahnsinnig?", fuhr ich ihn an. „Ihr erzählt mir alle vier, wie gefährlich der ist, und dann soll ich da in das Haus? Kamikaze liegt mir nicht."

„Nee, das verstehst du falsch. Du bist sicherer vor ihm als wir." – „*Sicherer* ist nicht sicher!" – „Doch, doch, ehrlich. Der ist ja kein Schläger oder so."

Ich war bockig. Was sollte an mir anders sein als an denen? Dean lehnte sich im Sitz zurück: „Wenn du heute noch mal von hier wegwillst, solltest du langsam gehen!" Ich ahnte es schon, der Wagen sprang nicht mehr an. Ich verschränkte die Arme und lehnte mich zurück. Nach drei Stunden gab ich auf, öffnete die Tür und ging dreimal ums Auto. Meine Beine waren eingeschlafen. Ich betrachtete den Glaspalast. So prächtig, wie er von Ferne aus gewirkt hatte, war er gar nicht. Es war so eine Stahlkonstruktion mit viel Glas, das zwar in der Sonne glitzerte, aber sonst eher schmuddelig war. Ins Innere konnte man nicht gucken. Ich ging zur Tür, kein Namensschild. Egal, ich drückte auf die Türklingel. Es surrte, die Tür öffnete sich. Ich trat hinein. Ein älterer Mann kam mir entgegen. Sein Gang war schleppend, seine Schultern nach vorne gebeugt. Sein Haupthaar hing wirr und grau herunter, sein Bart war lang und nicht in Form geschnitten. Er sah mich misstrauisch an.

„Sie sollen mir helfen? Na, ich weiß nicht ...", meinte er. Was sollte ich darauf sagen? Am besten nichts. Der Mann fuhr fort: „Kommen Sie mit. Ich bin übrigens der Obermacker hier, der Ulli mit zwei ‚l'." Wie ein Monster sah er nicht aus, aber sympathisch ebenfalls nicht. Er öffnete eine Tür: „Das ist mein Arbeitszimmer, Sie wissen ja, was zu tun ist." Mit den Worten war er verschwunden.

Im Arbeitszimmer stand in der Mitte ein riesiger Tisch aus Glas, gestützt auf eine Stahlkonstruktion. Darauf ein Laptop, so ein Riesenteil, aus Glas oder Acryl. Dean hatte mir nichts gesagt.

Was sollte ich machen? Ich ging um den Schreibtisch und setzte mich auf den Bürostuhl, ebenfalls eine Stahlkonstruktion und recht kalt zum Sitzen. Der Bildschirm des Laptops zeigte eine Reihe Ordner nebeneinander. Was würde ein Monster in den Ordnern sammeln? Ich klickte doppelt auf einen mit Namen ‚BluePics‘. Im Ordner waren jede Menge Dokumente mit einer Endung, die mir unbekannt ist: ‚fxv‘. Was soll das sein? Noch nie gesehen. Ein weiterer Doppelklick, es blitzte in meinem Kopf. Dann habe ich eine Erinnerungslücke. Jetzt sitze ich zu Hause auf meinem Sofa, ich habe keine Ahnung, wie ich hierher zurückgekommen bin. Ein Blick aus dem Fenster reichte: Mein Auto steht auf seinem Platz. Es sieht fast dunkelblau aus. Ich sah auf die Uhr, Zeit ins Büro zu fahren. Ich ging ins Bad, um mich kurz frisch zu machen, ich ließ mir die Ereignisse noch einmal durch den Kopf gehen. Ich schaute in den Spiegel, ob ich einigermaßen vorzeigbar war. Ich traute meinen Augen nicht, denn diese waren blau! Dabei habe ich braune Augen.

So konnte ich nicht ins Büro. Ich musste mir erst eine Erklärung überlegen. Ich rief bei meiner

Chefin an und erzählte ihr, dass mir wahnsinnig übel sei, weil ich wohl was Falsches gegessen habe. Sie war wider Erwarten verständnisvoll und gab mir prompt für morgen auch noch frei.

Ich gehe gleich ins Bett. Hunger habe ich keinen, ich will einfach schlafen, aufwachen – und dann ist alles wie immer.

3. Mai

Ich habe bis neun Uhr geschlafen, wenn auch sehr unruhig. Ich habe von Ex geträumt, von unserer alten Wohnung. Das war alles sehr bedrohlich. Dann war ich wieder in dem Glashaus, und Ulli, der plötzlich aussah wie Ex, nur mit Bart, bot mir ein Stück Kuchen an. Ich wusste im Traum, dass es ein Traum und der Kuchen vergiftet war. Dann bin ich endlich aufgewacht.

Ich nahm ein Glas aus dem Schrank, um einen Schluck Wasser zu trinken. Das Glas war blau. Ich habe noch nie blaue Gläser besessen. Ich hatte einen Verdacht und habe daraufhin meine ganze Wohnung durchsucht: Alle möglichen Gegenstände waren plötzlich blau oder hatten einen Blaustich.

Dann bin ich zum Auto gelaufen, aber da waren weder Billy noch Dean, Ulrike oder Hans. Sie müssen mir erklären, was mit mir los ist.

Ich habe sogar die Infothek eingeschaltet, aber auch da meldete sich niemand. Ich musste doch erfahren, was passiert war!

Kurz vor Mittag wurde mir wirklich übel. Ich bin zu meiner Hausärztin, ich wusste keinen Rat mehr. Ich bin total konfus. Ich verstehe mich nicht mehr. Ich rede wirres Zeug und tue chaotische Sachen. Im Wartezimmer habe ich einen Patienten zum Tanz aufgefordert. Ich fühle mich nicht mehr wie ich selbst.

Die Ärztin hat mir dringend eine Psychotherapie empfohlen, ich sei ja völlig durch den Wind.

Mit Mühe habe ich mich nach Hause geschleppt, die Autofahrerei war die Hölle. Igitt, da kommt schon wieder so ein Übelkeitsanfall, ich muss

Tagebuchfortsetzung, 8. August

Ich soll das Tagebuch weiterführen, sagte mein Therapeut. „Lesen Sie den Anfang durch." – „Wo soll ich anfangen?", erkundigte ich mich. „Na, bei Ihren ersten Erinnerungen nach dem Unfall."

Ich habe mich wieder eingelesen. Es ist wie eine Geschichte, die nicht zu mir gehört. Manche Einzelheiten wusste ich ulkigerweise noch. Was am 3. Mai passiert ist, da, wo der Text abbricht, ist nicht in meinem Gedächtnis geblieben. Ich habe mir das erzählen lassen.

Nach dem bisschen Schreiben bin ich völlig erledigt. Ich mache morgen weiter. Die Psychologin kam gerade zur Visite und hat es begrüßt, dass ich nicht übertreibe.

9. August

Hier kümmern sich drei Therapeuten um mich: ein Psychotherapeut, eine Psychologin und ein Physiotherapeut. Ganz schön viel Aufwand. Ob das die Krankenkasse bezahlt? An der Rezeption beruhigte man mich, das sei schon in Ordnung.

Meine Augen sind immer noch blau. Mein Psychotherapeut hielt mir meinen Ausweis vor die Nase: Augenfarbe: blau. Merkwürdig.

Also, im Mai muss ich so eine Art Zusammenbruch gehabt haben. Die Nachbarn haben mich bis in ihr Wohnzimmer würgen hören, wenig später habe ich gegen die Wand gehämmert und dann war es urplötzlich still. Das erschien ihnen alles zusammen zu verdächtig. Sie haben ja zur

Sicherheit einen Schlüssel für die Wohnungstür. Sie haben geklingelt, gerufen, geklopft und sind schließlich hineingegangen. Da fanden sie mich im Wohnzimmer, meine Augen waren geschlossen, Arme und Beine zuckten, über meinen Pulli war Erbrochenes gelaufen. Der Mann rief seiner Frau zu, sie solle den Notdienst rufen, er würde sich kümmern. Er hat mich in die stabile Seitenlage gebracht. Der Notarzt konnte zwar feststellen, dass ich atmete, aber ansonsten gab ich keine Regung von mir. Sie brachten mich ins nächste Krankenhaus.

Gleich kommt die Physiotherapeutin, morgen schreibe ich weiter.

10. August

Zurück zum Krankenhaus, von all dem habe ich nichts mitbekommen. Ich lebte, und gleichzeitig war ich wie im künstlichen Koma. Als ich wieder anfing, zu sprechen, muss ich so wirres Zeug von mir gegeben haben, dass sie mich von dort in eine Therapieanstalt überwiesen haben. Das dürfte so um den 15. Juni gewesen sein. Ich habe bis Mitte Juli in diesem komischen komaartigen Zustand gelegen. Manchmal gab ich Laute von mir, ich konnte auch gefüttert werden und in eine Bettpfanne machen. Aber das war es dann.

Warum ich vor etwa drei Wochen wieder aufgewacht bin, kann mir niemand erklären. Man könne mich aber noch nicht nach Hause entlassen, wurde mir versichert, nur wieder gehen zu können, reiche nicht. Allein für die Körperfunktionen, die ja wochenlang brachgelegen haben, brauche ich Physiotherapie. Und für die Psyche eben auch. Sie vermuten hier, dass ich so eine Art schweres schockartiges Trauma habe. Und ich soll mich erinnern. Dafür dann das Tagebuch.

Ich muss hier alles mit der Hand schreiben und dann abtippen. Sicher Beschäftigungstherapie. Aber es ermüdet mich total.

11. August

Das Haus hier scheint in Ordnung. Das Essen ist okay, die Pflegekräfte sind freundlich, die Therapeuten verständnisvoll. Die Ärztin hier habe ich auch schon mal zu Gesicht bekommen, sie ist zufrieden mit meinen körperlichen Fortschritten.

Der Psychotherapeut und die Psychologin haben meine alten Tagebuchaufzeichnungen gelesen und meinten, das sei alles höchst interessant und aufschlussreich. Und von jetzt an solle ich immer schreiben, wie es mir geht und ob etwas passiert.

Was soll hier schon passieren? Ich hoffe, dass ich wirklich Ende des Jahres hier raus kann. Besuch darf ich nicht bekommen, Handynutzung wird nicht gern gesehen. Das ist vornehm ausgedrückt, sie nehmen einem die Handys einfach ab.

Die anderen Patienten sind okay. Das ist keine geschlossene Anstalt, auch wenn niemand je das Haus verlässt.

12. August

Heute in der Therapiestunde wollte der Psychotyp wissen, was ich mit meinem letzten Abschnitt gestern gemeint habe. Was soll ich schon damit meinen? Ich würde denken, es ist normal, dass einige Patienten den Aufenthalt irgendwie leid sind und gehen, bevor sie entlassen werden.

Dass ich das normal finde, hielt er wohl für sehr bedeutsam, er machte sich ständig Notizen.

Vorhin, auf dem Gang zum Speisesaal, hatte ich eine merkwürdige Begegnung. Da lief so ein großer Pfleger rum, drehte sich um – der sah aus wie Billy! Ich war so verunsichert, dass ich „Billy???" fragte, aber er reagierte nicht. Ich bin mir aber ziemlich sicher. Nein, ich bin mir ganz sicher. Die blassblauen Augen vergesse ich nicht.

Das fand die Psychotante wiederum aufschlussreich. „Haben Sie mal Probleme mit jemandem gehabt, der blauäugig war?" Ich wollte schon so einen Scherz machen wie „Mit Leuten, die blauäugig sind, hat jeder Probs", aber ich glaube, dafür ist ihre Humorgrenze zu hoch. Und nein, Ex hatte keine blauen Augen, sie waren nicht blass-irgendwas, sie waren kräftig braun. So wie meine. Also, ich meine, wie meine früher waren.

13. August

Samstag, herrlich, es gibt nur eine Notbesetzung. Es ist ein wenig abgekühlt, das ist deutlich angenehmer. Mein Zimmer ist – wie alle Patientenzimmer – nicht gerade riesig, da staut sich heiße Luft schnell.

Ich möchte langsam hier raus. Ich glaube auch nicht, dass die Erlebnisse, die ich von März bis Mai geschildert habe, frühe Anzeichen einer kommenden katapileptischen Neurose waren. Was immer das ist. Sie haben extra betont, dass es etwas anderes ist als ‚kataleptisch'. Wenn ich nach einem Entlassungstermin frage, bekomme ich nur ausweichende Antworten. Ich bin doch lebenstüchtig, Leute, lest es, und lasst mich gehen! Oder bin ich einfach ein guter Patient, um die Finanzen aufzubügeln, weil ich so lange bleiben muss? Ein Zimmer schön lange belege?

Das werde ich die Psychotante Montag fragen. Da kann sie dann wieder nach Luft schnappen. Lustig, etwas zu schreiben, wenn man weiß, derjenige, über den man gerade lästert, wird es in zwei Tagen lesen.

Ihr könnt mich mal!

14. August

Ich habe einen langen Spaziergang durch den Park gemacht, der ist riesig. Ich habe den Ausgang nicht gefunden. Bin ich zu blöde? Nachmittags habe ich mir dann einen Besucher ausgeguckt, und als der gegangen ist, bin ich ihm gefolgt. Der ist auf dem Parkplatz in ein Auto gestiegen und weggefahren. Ich bin dann die Straße entlanggegangen, auf der er fortgefahren ist. Aber plötzlich endete die im Nichts.

Irgendwas ist hier komisch. Kommt mir vor wie ein Alptraum im Alptraum.

Heute ist Sonntag, da gibt es zum Nachmittagskaffee auch Eis und Kuchen. Da kann man sich drauf freuen, die Küche ist ausgezeichnet.

15. August

„Ihr könnt mich mal", war natürlich ein Anlass, mir wieder was über meine Beschränkungen zu erzählen. Ich wünschte, ich hätte unsichtbare Tinte, dann könnte ich aufschreiben, was ich über euch denke, und ihr würdet es nicht wissen.

Ich bin mir sicher, dass ich heute Nachmittag Ulrike an der Pforte gesehen habe, sie wollte gerade gehen. Ich habe hinter ihr hergerufen, aber sie hat nicht reagiert.

Und wie interpretieren Sie das jetzt, verehrter Herr Therapeut???

16. August

Ich habe die Welt gerettet, ja, ihr könnt ruhig blöde gucken. Zur Belohnung habe ich diese strahlend blauen Augen bekommen. Ich habe nämlich durch einen geschickten Schachzug Ulli-Monster lahmgelegt. Das hat mir Billy berichtet, den ich heute im Garten traf. Er hatte auch die Kleidung eines Pflegers an und reagierte sogar auf meinen Ruf.

Ich möchte so gern mal wieder Auto fahren, einfach ins Grüne.

Das lest ihr jetzt und fragt euch, was wohl kommt? Ist euch mulmig? Schaut ihr euch um, ob irgendwo Dean oder Billy lauern? Und was wir planen?

Vielleicht habt ihr es wirklich gut mit mir gemeint. Dann werdet ihr auch nicht böse sein.

Mein Tagebuch

3. November

Ich soll Tagebuch führen, das sei gut für meine Psyche. Erläuterte mir heute Morgen der Chefarzt.

Ich weiß gar nicht, wie lange ich schon hier bin. Eine retrograde Amnesie sei das, was ich habe, sagte Pfleger Billy zu mir. Ich habe ihm gleich gesagt, dass er mir bekannt vorkommt. Seine Antwort: „Kann sein, abwarten." Was gibt es da abzuwarten? Entweder ich kenne ihn oder ich kenne ihn nicht.

Billy ist jung, irgendwas um die dreißig. Blass, hellblaue Augen und schlank, um nicht zu sagen hager. Heute hat er mir erzählt, dass sein Zwillingsbruder Dean ebenfalls hier arbeitet. Aber er hat mich auch gleich beruhigt: Ich könne sie prima unterscheiden, Dean habe im Gegensatz zu ihm grüne Augen.

Eigentlich ist es ganz okay hier. Ich wüsste nur gern, wie ich hierher gekommen bin. Keiner gibt mir so richtig Auskunft. Die Mitarbeiter sind extrem freundlich, sie stellen sich alle mit Vornamen vor. Selbst den Chefarzt soll ich ‚Hans' nennen. Komisch. Irgendwie muss ich einen Zusammenbruch gehabt haben, und um das zu überwinden, soll ich Tagebuch schreiben.

Also, wenn ich mich recht erinnere, habe ich eine Aversion gegen Tagebücher. Oder ist das Einbildung?

Für heute reicht's.

4. November

Ulrike, die leitende Oberärztin, übernimmt die Aufgabe, mein Tagebuch zu lesen. Sie ist recht jung. Alle, die hier arbeiten, sehen ein wenig ausgehungert aus. Dabei ist das Essen lecker und reichlich.

Nun, Ulrike meinte, ich solle einfach mal aufschreiben, was mir so in den Kopf kommt, über meinen Aufenthalt hier. Sie gab mir das Tagebuch einer anderen Patientin, da könne ich ja das restliche Papier nutzen.

Hmmm, wie war das noch? Vor etwa einem Monat lag ich wach in einem Bett, ich erkannte gleich, dass es ein Krankenhaus oder so etwas war. Keine Ahnung, wie ich hierhergekommen bin.

Es ist hell hier, die Außenwände sind überwiegend aus Glas. Die Zimmer sind, soweit ich sie gesehen habe, geschmackvoll eingerichtet: viel Hellblau, Chrom und Glas. Eher wie aus einer Designzeitschrift.

Die Zeitschriften, die ich hier bestellen kann, sind übrigens relativ langweilig. Alles aus den Bereichen Gartengestaltung, Landschaftsbau, Architektur und Kunst. Keine Tageszeitungen. Ich habe Dean, der heute Morgen zum ersten Mal bei mir Dienst hatte, gefragt, ob er mir von draußen mal eine Tageszeitung mitbringen kann.

„Was ist eine Tageszeitung?", fragte er mich. Ey, veralbern kann ich mich selbst. Im Fernsehen werden viele Serien gezeigt. Ich warte auf Nachrichten, aber die scheinen in der kurzen Zeit, in der ich wohl bewusstlos war, verschwunden zu sein. Ich kann nicht lange ohne Bewusstsein gewesen sein, denn mein Spiegelbild war nicht wesentlich gealtert, meine Haare bzw. meine Frisur wie immer.

Das mit dem Spiegel scheint Ulrike geärgert zu haben. Jetzt liest sie das und kann sich noch mal ärgern. Ja, Ulrike, ich habe gehört, wie du auf dem Flur Billy angeschissen hast, wieso er die Spiegel nicht entfernt habe.

5. November

Irgendwie ist ein Tagebuch kein Tagebuch, wenn es jemand kontrolliert oder liest. Was die Frau vor mir da so notiert hat, ist wirr. Ich schreibe doch nichts rein, was wirklich persönlich ist. Das habe ich Hans auch heute Morgen bei der Visite gesagt. Er schien bestürzt und versicherte mir, es diene alles meiner Heilung, und er werde Ulrike untersagen, das weiterzulesen, was ich schreibe. Soll ich das glauben?

Außerdem möchte ich wissen, wovon ich denn geheilt werden soll. Auch wenn ich die Anweisung habe, die meiste Zeit im Bett zu liegen – ich bin körperlich wohlauf. Ich habe nur eine Blinddarmnarbe, und da bin ich mir sicher, dass ich die schon seit meiner Kindheit habe.

Manchmal frage ich mich, wer ich bin. Außer den Pflegern, dem Chefarzt und der Oberärztin werden hier alle namenlos angesprochen. „Pflegerin 3" zum Beispiel. Wie idiotisch ist das denn!

Meinen Namen weiß ich nicht mehr, deshalb heiße ich Patientin 0815. Ist das Zufall oder soll mir das etwas sagen?

Ich wollte heute von Billy wissen, was ich denn von Beruf bin, in meinem Gehirn sei nur dicke Suppe. „Du warst sicher Suppenköchin", kicherte er und verzog sich rasch. Wie witzig.

6. November

Heute ist wieder Sonntag. Das bedeutet, es gibt nachmittags eine Käsesahnetorte. Die Patienten, die diese Torte nicht mögen, tun mir leid. Denn etwas anderes steht nicht auf der Theke. Das Geschirr ist blau, die Bestecke sind aus transparentem farblosen Acrylglas. Auch schick, aber manchmal sehne ich mich nach einem Perserteppich.

Das mit dem Teppich habe ich heute Morgen auch Ulrike gesagt. Da hat sie mich so merkwürdig angesehen und sich Notizen gemacht.

7. November

Langsam werde ich unruhig. Wie lange muss ich denn noch hierbleiben? Ich bin doch gesund! Heute war wieder Visite bei Hans, ich habe drauf gedrängt, jetzt endlich entlassen zu werden.

„Was wollen Sie denn ohne Erinnerung in der Welt?", fragte er mich. Darauf fiel mir keine schlagfertige Antwort ein. Aber muss man wirklich Erinnerungen haben, wenn man in der Welt ist, draußen, auf der Straße, in einer Wohnung?

„Ich kann mich auch selbst entlassen, das wissen Sie sehr wohl", entgegnete ich ihm. „Oder was wäre der Grund, mich hier weiter festzuhalten?" Hans schüttelte traurig den Kopf: „Nein, das ist nicht möglich. Ohne Entlassungspapiere kommen Sie nicht durch das Tor." Wie er die Worte ‚das Tor' aussprach, fand ich unheimlich.

Ich war dann nachmittags – da habe ich keine Anwendungen – im Park. Ich bin drauflosgegangen, aber das Gelände ist schon riesig. Nach einigen Minuten Fußweg bin ich an einen Drahtzaun gelangt. Darüber zu klettern ist mir echt zu gefährlich. Dann habe ich mir gedacht, dass ich ja zu einer Tür oder ‚dem Tor' kommen muss, wenn ich ausschließlich am Zaun entlanggehe.

Ich bin dann los, immer dem Zaun folgend. Ich weiß natürlich nicht, ob ich die richtige Richtung genommen habe. Ich habe kein Tor gefunden.

Ich werde es morgen mal in die andere Richtung probieren.

Warum schreibe ich das immer noch auf? Wäre es nicht besser, ich würde das für mich behalten? Könnte sein, da liest doch jemand heimlich mit.

8. November

Heute ist es anscheinend mit dem angenehm kühlen, aber trockenen Herbstwetter vorbei. Es hat gegossen ohne Ende, und es pfiff ein kalter Wind.

„Na, heute keine Lust auf einen kleinen Spaziergang?", fragte mich Billy, dem ich auf dem Flur begegnete. „Zu kalt, zu nass." Er lächelte verständnisvoll.

Ich habe noch nie andere Patienten hier gesehen. Ich kann doch nicht so wichtig sein, dass ich die einzige bin. Daher habe ich heute auf dem Gang so ein paar Türen vorsichtig geöffnet, vorher angeklopft. Niemand antwortete. In den Zimmern standen ein oder zwei Betten, die Patienten schliefen. Merkwürdig.

9. November

Heute Nachmittag habe ich es endlich geschafft. Ich bin wieder bis zum Zaun gegangen und dann in die andere Richtung. Nicht ganz acht Minuten, da erreichte ich ein Tor. Ich sah mich um. Niemand da. Daher bin ich vorsichtig durch das Tor. Nichts passierte, kein Alarm, niemand, der mich zurückrief. Also viel dummes Gerede.

Ich habe die Straße überquert, da ist auf der anderen Seite eine Bushaltestelle. Es gibt eine Buslinie 717, die fährt über Halblaustadt bis Endstation Volblaustadt. Von diesen Orten habe ich noch nie gehört. Aber egal. Abfahrtszeiten laut Fahrplan alle halbe Stunde. Ich habe bestimmt vierzig Minuten gewartet, bis ein himmelblauer Bus angerauscht kam. Aus der Hintertür wurde ein Mann recht gewaltsam herausgeschubst. Ich wollte gerade beim Fahrer einsteigen und ihm erklären, dass ich nicht bezahlen könne, da machte er mir die Tür vor der Nase zu: „Sorry, kein Platz mehr frei!" Das war gelogen, da saßen klar erkennbar nur zwei Leute im Bus.

Der Mann, der aus dem Bus geschubst worden war, stand gebeugt, er atmete schwer. Seine dunklen Haare waren wirr und schmutzig verfilzt. Sein Lodenmantel war alt und hatte ein paar Löcher. Als er mich sah, blitzten seine Augen wütend auf.

„Na, erinnern Sie sich noch an mich?" – „Tut mir leid, keine Ahnung." Er zuckte die Schultern. „Auch egal. Aber für den ganzen Schlamassel darf ich mich ja wohl bei Ihnen bedanken." Er kam auf mich zu, sein Atem roch nach Bier und billiger Wurst. Ich ging einen Schritt zurück. Er griff in die Manteltasche, zog ein Stück Papier heraus und reichte es mir. Ich wollte es nicht haben. Er wurde immer aufdringlicher, also nahm ich das Papier schließlich doch.

Es war ein Foto. Eine komische Landschaft, fast außerirdisch: Die Straße zum Beispiel war grau, die Bäume grün, die drei Menschen auf dem Foto trugen graue bzw. braune Mäntel. Nur der Himmel im Hintergrund war realistisch.

Ich war geschockt. So etwas hatte ich noch nie gesehen. „Sagen Sie Ulrike oder Hans einen schönen Gruß von Ulli und dass ich euch alle irgendwann drankriegen werde!" Mit den Worten schlurfte er von dannen. Ich konnte mir keinen Reim darauf machen. Die Botschaft ausrichten wollte ich aber auch nicht. Da kein Bus mehr kam, bin ich zähneknirschend wieder zurück aufs Krankenhausgelände gegangen. Es ist einfach zu kalt abends.

10. November

So, Ulrike, du liest also doch noch weiter mit? Ich bin so was von sauer. Keine Privatsphäre hier. – Sie forderte sofort das Foto von mir. Hans kam vorbei und wollte es auch sehen. Sie zeigte es ihm und zischte: „Das ist so typisch Ulli-Monster, zerstören ist das Einzige, was er kann."

Sobald es wärmer wird, haue ich ab. Irgendwas stimmt hier nicht. Das kannst du ruhig wissen, Ulrike. Und auch, dass ich mein altes Tagebuch gefunden habe. Vielleicht weiß ich mehr, wenn ich das mal gelesen habe. Ich sage dir aber nicht, wo ich das gefunden habe. Denn ich werde es wieder verstecken. Ich habe die ersten zwei Einträge gelesen und wusste plötzlich, dass mein Leben einmal anders war. Was sagst du dazu, Ulrike-Herzchen?

Mein Tagebuch
16. Februar

Ich soll Tagebuch führen, das sei gut für meine Psyche. Erläuterte mir heute Morgen die Chefärztin.

Ich weiß gar nicht, wie lange ich schon hier bin. Eine retrograde Amnesie sei das, was ich habe, sagte Pfleger Hans zu mir. Ich habe ihm gleich gesagt, dass er mir bekannt vorkommt. Seine Antwort: „Kann sein, abwarten." Was gibt es da abzuwarten, entweder ich kenne ihn oder ich kenne ihn nicht.

Hans ist etwa mein Alter, blass, hellgraue Augen und richtig dünn.

Eigentlich ist es okay hier. Ich wüsste nur gern, wie ich hierher gekommen bin. Keiner gibt mir so richtig Auskunft. Die Mitarbeiter sind extrem freundlich, sie stellen sich alle mit Vornamen vor. Selbst die Chefärztin soll ich ‚Ulrike' nennen. Ich habe wohl einen psychischen Zusammenbruch erlitten, und um den zu überwinden, soll ich Tagebuch schreiben.

Wenn ich mich recht erinnere, habe ich eine Aversion gegen Tagebücher. Aber vielleicht ist das Einbildung.

Morgen habe ich meinen ersten Termin bei dem neuen Seelenklempner. Ich kann mich an den alten nicht erinnern, der neue heißt auf jeden Fall Dean.

Für heute reicht's.

17. Februar

Es gibt ein langes Wochenende. Ulrike hat mir das gestern Abend mitgeteilt. „Das ganze Personal geht zu einer wichtigen Beerdigung am Montag, da ist nur eine Notbesetzung hier. Aber sie kommen ja prima allein zurecht, nicht wahr?" Dabei tätschelte sie mir die Hand. Merkwürdige Chefärztin.

Vorhin kam Dean noch mal kurz vorbei, weil ja meine Montagssitzung ausfällt. Ich verspreche mir sowieso nicht so viel davon.

Pfleger Billy hat mir wenigstens verraten, wer da so Wichtiges begraben wird. Seine Antwort hat mich etwas merkwürdig berührt.

„Monster Ulli." Ich meine, so redet man doch nicht über einen Toten, oder?

Ab morgen darf ich in den gemeinsamen Speisesaal. Da lerne ich ja vielleicht mal ein paar Leute kennen.

26. Februar

Ihr lest doch hier alle mein Tagebuch, ich merke das an euren Blicken und den komischen Bemerkungen. Das geht mir zu weit!

Wenn ihr das lest, bin ich schon weg. Ich entlasse mich selbst und sage euch nicht, wohin ich gegangen bin.

Mein altes Tagebuch nehme ich mit. Vielleicht erwische ich ja einen Bus und kann während der Fahrt darin lesen, um wieder etwas über meine Vergangenheit zu lernen.

Tschüss, und macht's gut ohne mich.

Epilog

„Schau mal hier, Ulrike, da ist ein stark verkohltes Heft oder Buch. Ob das Aufklärung bringen kann?"

Ulrike zuckte mit den Schultern. „Ich weiß nicht, ob wir das überhaupt noch auswerten können. Schicke es mal an die KT[*]. Ich meine, der ganze Wagen ist restlos ausgebrannt, wieso bleibt da etwas aus Papier über?"

Dean hob das Buch vorsichtig hoch und steckte es in eine Plastiktüte mit Reißverschluss.

---

[*] Abk. für Kriminaltechnik

„Es wurde aus dem Auto geschleudert, da war es vielleicht noch nicht komplett verbrannt." Ein kleines Stück Papier löste sich, man konnte ein handgeschriebenes Wort lesen: *Ulrike.* Dean sah seine Chefin an: „Das hat aber doch nichts mit dir zu tun, eine verkappte Drohung oder so?"

Ulrike schüttelte den Kopf. „Ich wüsste nicht, wieso. Wäre auch viel Aufwand für eine Drohung, denn niemand konnte sicher sein, dass dieses Buch das Feuer übersteht." Dean gab das Buch an die Kriminaltechniker weiter.

Am nächsten Vormittag rief ihn Hans an, der zuständige Beamte der KT.

„Hi Hans, habt ihr was herausgefunden?" – „Nichts, was uns wirklich weiterbringt, zu viel ist zerstört. Einzelne Wörter ja, aber kein einziger Satz. Manchmal steht ein halbes Datum da. Vielleicht eine Art Tagebuch? Wir schicken euch morgen den Bericht." – „Danke, Hans!"

Dean wählte erneut eine Nummer, diesmal die Forensik. Sein Zwillingsbruder arbeitete dort seit zwei Jahren. „Hi Billy, habt ihr schon Ergebnisse?" – „Der Leichnam ist fast vollständig verkohlt, es gibt keine Zähne oder Prothesen, die als Anhaltspunkt dienen könnten. Was wir mit Sicherheit sagen können: Es ist eine Frau. Ob es diese Ulrike ist, von der ihr erzählt habt oder jemand anders, tut mir leid, da kann ich noch gar nichts zu sagen. Auf jeden Fall ist diese Frau vor mehr als fünf Jahren gestorben. Passt das zum Befund der KT?" – „Ja, die meinen auch, dass der Wagen nach dem Brand etwa fünf bis sieben Jahre im Wald gestanden hat." – „Interessanter Fall, vielleicht wird das ja was für deine Doktorarbeit?"

Dean lächelte. Billy war immer so ehrgeizig für ihn. „Sag mal, hast du heute Zeit, mit mir in die Kantine zu gehen, so gegen eins?" – „Prima, wir sehen uns!", antwortete Billy und legte auf.

Gemeinsame Publikationen

Seite 22, Zeile 22. Norderstedt (BoD) 2022.

Seite 22, Zeile 22 ist ein Schreibprojekt. Die beiden Autorinnen wählten nach dem Zufallsprinzip 22 Zitate aus 22 Büchern und schrieben zu jedem Zitat einen Text. Sie wussten bis zum Ende nicht, was die andere jeweils geschrieben hat.

Die Leser können in diesem Buch zwei Reisen in ganz unterschiedliche Welten antreten, die beide denselben Ausgangspunkt hatten.